삶이 사랑을
품을 때

삶이 사랑을 품을 때

펴 낸 날   2023년 01월 20일

지 은 이   월암 이민식
펴 낸 이   이기성
편집팀장   이윤숙
기획편집   서해주, 윤가영, 이지희
표지디자인   서해주
책임마케팅   강보현, 김성욱
펴 낸 곳   도서출판 생각나눔
출판등록   제 2018-000288호
주   소   서울 마포구 잔다리로7안길 22, 태성빌딩 3층
전   화   02-325-5100
팩   스   02-325-5101
홈페이지   www.생각나눔.kr
이 메 일   bookmain@think-book.com

• 책값은 표지 뒷면에 표기되어 있습니다.
  ISBN 979-11-7048-521-6 (03810)

월암 이민식 시집

삶이 사랑을
품을 때

사랑은 사람을 연결해주는 다리

생각나눔

추 억

마음에 새긴 언약도
바위에 새긴 글자도
세월 앞에 희미해져 가고
가장 확실한 것은
세월이 흘러도
몸이 노쇠해가도
추억 속에
아름다웠던 일은
더욱 새로워지니
좋은 추억 많이 가져보자
낙엽이 지는
산길을 올라
정상에 앉아
사람 사는 마을이며
잘 포장된 도로
추수 끝난 논에
짚 무더기
사람 사는 모습들이
이쁘다

2021. 11. 21.

사랑의 깃발

가슴에 남은
작은 그리움이
그대를 향해
내 마음은 종종걸음을 치고
어쩔 수 없는
아쉬움에 안타까움은
봇물 밀려오듯
사정없이 내 가슴을
쓸고 간다
사랑이 없는 가슴은
텅 빈 사막
가도 가도 보이지 않는
희망의 몸, 마음 둘 곳 없어
너와 나의 가슴에
사랑이란
깃발을 꽂고 싶어라

2021. 11. 25.

황매산 일몰

한세상 살고 난
낙엽들이 산길을 메우고
화려했던 나뭇잎이 떨어진 자리
앙상한 가지 사이로
초가삼간 비둘기 집 흥부집 되고
엉성하고 허술한 것이 사는 건지
이사 가고 없는지 모르겠네
이슬은 찬바람에 서리 되어
달빛에 비치는 바위는 은빛 보석이 되어
허전한 내 마음 유혹하고
월암산 자락에서
달빛에 시를 쓰고 별빛에 꿈을 심고
살아온 세월 헤어보니
환갑이 내일 모래이구나
햇살에 영글어가는 곡식처럼
햇빛과 달빛에 익어가는 인생아
월암산에서 바라보는
황매산 넘어가는 석양빛깔이 너무 고운데
목구멍에 술 넘어가듯 니무 빨리 니어가는
일몰이 야속하더라

2021. 11. 24.

살다 보니

강물에 잔물결이 일 듯
인생에 세월이 흘러가니
내 얼굴에도
이쁜 조각들이 생겨나는구나
이 생각 저 생각
이 계절 저 계절이
둥지를 틀고
묵었다 가는 손님들
그중에 세월이 가도
잊혀지지 않는 것들을 추억이라 하지
추억을 되돌아보며 사는
황혼에 접어드는 나이
이제는 세상을 이쁘고 곱게 살고 싶다
앞서가는 길보다 따라가는 길
가지려는 마음보다 양보하는 마음
굳은 얼굴보다 부드러운 얼굴이고 싶다
인생 한 바퀴 돌고 보니
새롭게 하는 길은 더 멀리 더 넓게 보며
가는 곳까지 시간이 정해 준 만큼
편안하게 가야겠네

2021. 11. 27.

하룻길

이른 새벽 햇살이
사랑으로 동녘하늘을
손바닥만큼 물들이면
아궁이 장작 불붙듯
대암산이 달아오른다
낯선 들녘에서
하룻밤을 지샌
나그네 기러기는
모 심듯 줄지어
열심히 모이를 줍는구나

아침 햇살이 치맛자락 펼치듯
패를 쫙 펼쳐 들면
대지를 덮었던 흰 서리는
아이스크림 녹듯
달달하게 햇살에 스며들고
비로소 나의 발걸음도하루 일기를 쓰네
앞 모르고 어디로 가는지도 모르고
걷는 인생길 걸음이지만 바라고 싶다
기분 좋고 재수 좋은
하룻길을 걷고 싶다

2021. 12. 12.

힘든 시간

에휴 추워 날씨가 춥다
헛소문에 뒷산 노루아저씨
들로 장 보러 오다 실족사했다는 둥
오리, 기러기 물에서 잠들다
보초가 물 어는 것 안 알려 물에 얼어붙어
부지런한 농부 들로 갔다가
오리, 기러기 한 차 잡았다는 둥
저잣거리에 헛소문이 가득한데
가는 세월 얼어 죽고
오는 세월 얼어 죽었다는 헛소문은 안 나더라
싫든 좋든 세상 일과는 상관없이
세월은 나팔을 불며 시곗바늘을 타고 오더라
동짓날 앞둔 절기라 그런지
시베리아 그 한파는 시집살이보다 춥고 고달프다
약간 입술만 언 세월은
햇살이 입김으로 금방 녹여주겠지
아무리 어렵고 힘든 시간도 금방 간다
오늘도 웃음가루에 인심 듬뿍 뿌려보자
행여나 콩고물이 양념 되어 인절미 낚듯
대박 난 하루 내 낚싯대 물어 줄려나

2021. 12. 18.

사랑의 시작

고요한 밤하늘
푸르고 맑은 것이
바다보다 더 깊다
둥근 보름달은 세월에 갈려
은빛 달빛 가루를
강물에 뿌리면
놋쇠 화롯불에
숯 익어가듯
강물은 사랑으로
붉게 달구어 지고
연어, 잉어, 미꾸라지
물새, 노루 가슴에도
그리움이 물들어 번져 가면
천만년의 약속
별들의 달콤한 이야기가
그대 가슴에 내 심장에
큐피트 화살이 되어 꽂히면
너와 나의 만남이
사랑으로
이름 지어지리라

2021. 12. 23.

눈 내리는 밤

울고 싶은 날
눈이 내린다
눈이 눈을 밟고
올라서고 또 올라선다
눈 내리는 하늘의 마음
눈 쌓이는 땅의 마음은
무슨 대화를 나눌까?
내 머릿속에는
드러냈다. 담았다
저울에 추 달음을 하는데
하늘과 땅은
내 감정의 깊이를
아는지 모르는지
동짓달 긴 밤이
다 지새도록
사륵사륵 눈만 내리네
그 복잡한 계산 어찌 하려고
난 미운 정 고운 정
주고 받는 사랑의 셈법으로
머리가 아픈데~

2021. 12. 25.

삶은 오, 엑스

언제나
반대로 가는 세월
태어남은 죽음을 잉태하고
사라짐은 잊혀지지 말라고
추억을 만든다
만남의 시작은
이별로 가는 마지막 열차이고
사랑과 미움은
동전 앞과 뒷면이 붙은
하나이더라
힘들고 어려웠던 일도
지난 과거 속에는
수월한 무용담이고
다가올 미래는
무섭고 두렵더라
가벼운 것이 좋은지
무거운 것이 좋은지
삶의 문제풀이는
오, 엑스 너무 단순한데
그 속은 너무 복잡해

2021. 12. 25.

생강나무

겨울 추운 바람이
가끔 불던 산들에
미풍에 산들거리는
억새꽃 신이 났는지
좌우로 몸 흔들고
햇살 꽉 찬
산속에 시간의 속삭임으로
생강나무 무슨 꿈을 꾸었는지
처녀 가슴 봉긋봉긋 솟듯
희망의 꿈 실은
꽃봉우리 봉긋봉긋한 것이
입춘이 오려나 보다

2022. 1. 7.

퇴근 시간

하루해는 긴 산 그림자를 드리우고
꽉 채웠던 세상을
조금씩 조금씩 비워갈 때
나도 끝나지 않는
하루 일을 접어두고
집으로 향한다
과일 장수 과일 사라고
마이크 방송을 하면
뭐가 불만인지
온 동네 개가 짖으며
농성을 하는데
말이 통해야 민원을 해결해 주지
말 못하는 개나
말귀 못 알아먹는 나나
누가 더 세상을
갑갑하게 사는지 모르겠네
집에 가면 가장 일하고 왔다고
마누라 따뜻한 밥 해놓고
날 기다리겠지
오늘도 즐거운 퇴근 시간이네

2022. 1. 6.

의 욕

아침 햇살은
장맛비 땅 적시듯
빈틈없이 동쪽 벌판으로부터
촘촘히 채워오고
이제는 나보고 채우라고
바통을 넘겨주네
멍석 깔아 준 자리
신명 나게 놀아나 볼까
오늘도 재미있는 하루
보람찬 하루
꽉꽉 채워보자
욕심그릇 철철 넘칠 때까지

2021. 1. 7.

선택의 기로

동지섣달 짧은 아침 햇살은
지붕 위 서리와
술래잡기 놀이를 즐기고
콩알 털린
콩깍지처럼 빈 껍데기
하얀 달의 헛웃음소리가
의미 없이 들리고
세월은 시곗바늘을 돌리며
롤러게임을 즐긴다
나는 그녀와 일을 사이에 두고
훌쩍 게임에
한판승을 고민하는
아침이로구나

2022. 1. 8.

세상 사는 법

동짓달 긴 밤
찬바람의 매몰참은
용기 없는 남자로 만들고
이불의 따스함은
남자의 마음을 불러 세운다
세월을 살아온 만큼 아픔도 커
이제는 힘든 일은 피하고
세상일 수월하게 가고 싶다
신문을 펼쳐 들고
세상 돌아가는
이야기 읽고 있노라면
세상일 속에 매이지 않은
내가 이렇게 행복할 수가 없네
여보시게 친구야
나이 먹어갈수록
세상일에 벗어나
내 일신만 챙기세
그러면 세상살이
이렇게 편한 것이네

2022. 1. 13.

삶의 의미

인간사 한평생
몰아 보면 짧은 세월
하나 하나 펼쳐보면
깨알보다 더 많은 사연
나를 중심으로 연결된
수많은 인연 가닥들로
인생에 새끼줄은 꼬여지고
그 속에서 희, 로, 애, 락
생, 로, 병, 사로 이어지는 멜로물
이제는 싫다
파고 높은 인생
그저 조금 지루할지라도
아무 일 없는 평범한 일상이 좋다
이제는 안다
행복이 뭔지
욕심의 마술이 뭔지를
오늘도 기도한다
그저 아무 일 없음의
행복을 알기에
얼굴에 미소가 지어지는 이유를~

2022. 1. 13.

인생사

사람이나 연장이나 내구성이 있어야
명품이 되어 다시 찾는다
한번 보고 말 인연이라면
매듭을 맺지 말아야 한다
얼기설기 맺힌 매듭이라 할지라도
엉키면 풀기 어렵고
억지로 풀면 상처가 남으니
매끄럽지 못하다
인간사 수수께끼
어디서부터 시작된 문제인지 몰라
전생의 연결고리인지
현생의 만남인지 그냥 한 수 접고
상대의 수를 훑어보는 거지
세상살이 고수가 따로 있나
세월이 묘수풀이지
버린 것이 어떤 때는 얻게 되고
얻는다는 게 잃고 마는
어처구니없는 바보게임을
지금 즐기고 있는지도 몰라 이것이 인생사
재미있는 이야기인지도 몰라

2022. 1. 13.

그대 사랑하는 마음

해 저문 저녁노을이 하늘구름에
이쁘고 아름다운 그림을 그리면
전화벨 소리로 들리는
그대 목소리는
내 마음에 한 뜸 한 올
사랑의 시를 쓴다
두 눈을 살포시 감고
그대 얼굴 떠올리면
그대의 미소가 자꾸 자꾸
그대를 향하게 하고
그대는 나의 전부가 된다
동지섣달 춥고 기나긴 밤이
지겹다 해도
그대 생각하면
그리움 보고픔으로
꽉 차 하나도 안 지겹다
땅속 개구리가 봄 꿈을 꾸듯
그대와 내가 하나 되는 꿈을 꾸는
동지섣달 춥고 긴 밤이
나는 행복하여라

2022. 1. 14.

잠 안 오는 밤

엄동설한 추위는 문밖을 지키고
방 안 따뜻한 온기는 나를 지킨다
내 손안에 휴대폰이 있고
휴대폰이 나와 세상과의
관계를 지킨다
오는지 가는지
느낌이 있는지 없는지
모를 시간은
인생에 큰 족적을 남기고
나는 이렇게 글을 남긴다
머릿속은 수많은
생각을 적었다 지웠다 반복하고
수많은 계산을 튕겨보지만
실행 없는 상상은 곱하기 영이더라
한숨 자고 난 지금
아무리 찾아봐도 잠은 어디 둔 지 모르겠고
아마도 저 밤하늘 별빛이
석양빛으로 바래질 때까지
찾아 헤매다 보면
찾아지려나

2022. 1. 16.

찬바람의 비밀

동짓달 긴 밤을 건너
소한 집을 거쳐
대한 집 문 앞에
나들이 온 북풍
찬바람이 나뭇가지 끝으로 불면
그 통곡의 소리가
모든 걸 잃고 방황하던
보름 지난 중천에 뜬
빈 달빛을 채우고
음달 그늘에서
누굴 기다리다가
깨진 꿈 그릇 같은 서리발이
까치발을 하고
인고의 세월을 견디다 못해
쓰러지고
추수 끝난 논에 들일 나온
기러기 가족들
춥다고 일찍 청산으로
잠자리 찾아 떠나는 늦은 오후
서산의 큰 산 그림자는
서둘러 앞산을 올라간다

한파주의보가 내린 날이라서 그런지
날씨가 매우 춥다
그래도 수십 년 세월을 살아온
노장인지
이 추위 끝에
남풍이 숨어있다는 걸 알기에
절망 속에 마지막 반전의 한 수
희망이란 돌을
반상에 슬그머니 놓아본다

2022. 1. 15.

시인의 마음

벌써 주말이네
세월은 소리 없이 시간의 강을 건너간다
백수라 매일 자유롭지만 젊을 때 습성이 남아
이불에 배 깔고 엎드려 이렇게
손가락 총질을 한다
손놀림의 유희에 수많은 글자가
죽었다, 살아났다
손가락 마술이 펼쳐내는 말도 안 되는 이야기가
말이 되는 시인의 마을 이야기 상상이
하늘의 구름을 탄 손오공이 되었다가
길 밥 얻어먹는 거렁뱅이가 되었다가
갈팡질팡한 세상을 그리는 그대는 시인이다
자유로운 영혼이 가는 행복한 길은
번민도 고뇌도 없다
거침없이 지나가는 바람처럼
가는 것이 시인의 마음
그래서 시인의 마음속엔
언제나 늘 딴 세상이 있다
시인의 눈빛은
세상 아름다운 것만 본다

2022. 1. 15.

불면증

그 무엇을 원한다
생각이 나더라
생각이 또 다른 생각을 이어주고
그 끝없음에 잠도 안 오더라
금붕어 모양 뜬 눈으로
하룻밤을 지새우고 보니
다음 날 꿈에 취했는지
잠에 취했는지
멍하더라
딱 정해진 방향도 없는데
무작정 기다리고 서 있는
그림자 모양 대책이 없다
그저 상대방이
내가 원하는 방향으로 움직여주길
기다리는 방법말이야
무작정 기다림에
물은 끓어 수증기가 되고
내 마음은 끓어
한숨이 되더라

2022. 1. 20.

봄을 기다리는 마음

마른 풀잎 끝에
봄 햇살이 촉촉이 젖어 들면
그 작은 울림으로
뿌리에 기분 좋은 느낌을 전달하고
뿌리는 단물을 빨며
의욕에 희망가를 부른다
잔디 뿌리 희망가에
동안거 수행에 득도한
개구리 처사
비로소 긴 날숨에
오도송을 읊으면
깜짝 놀란 생강나무
벌렁거리는 심장 소리에
꽃망울은 풍선이 된다
봄날이 양지뜸에 살림을 차리면
찔레나무 둥지 아래
해 지난 쑥 뿌리에
회춘의 기운이 넘쳐
그 향기가 아낙들을 부른다
얼음장 밑 겨울 이야기가
신문 방송에 소식이 뜸해갈 때

마른 산골짜기 낙엽 사이로
얼음물이 녹아 길을 열면
목 빼고 님 소식 기다리던 땅버들가지
꽃잎으로 연서를 쓰면
나도 봄꽃 찾아온
꿀벌 등에 연서를 써 보내면
기억 속에서 추억 속으로 사라져 간
소꿉친구로부터
안부 전화라도 올랑가 모르겠네

2022. 1. 22.

봄날의 꿈

강물은 모래알을 씻어
반짝이는 달빛을 캐어내고
바람은 구름을 걷어내고
반짝이는 별빛을 캐어내고
광부는 그대 마음속
흙 실어내어
반짝이는 사랑 캐어 오는구나
모든 사람들은
인생이라는 망망대해에서
낚싯대 드리우고
자기마다 보물인
성공을 낚기 위해 열심이다
멍멍이야?
너는 오늘 무슨 꿈 꾸었니?
갈비 먹는 꿈
옆집 순희와 데이트 아니면
대박 나는 주인이라도 되는
꿈이라도 꾸었나?

2022. 1. 25.

이른 봄날

산 그늘 골 깊은 강 섬에
햇살이 석양빛을 비추면
물새 두 마리 둥지로 날아들고
강물 속에 달이 뜬다
별빛이 물장구를 치며
징검다리를 건너갈 때
숲 속의 요정들이
사랑의 마술로
물안개는 피어나고
봄바람에 실린
물안개는 땅에도 풀잎에도 나뭇잎에도
내려 피부 끝으로 스며들면
고뇌에 찬 긴 사색의 계절은 끝나고
봄 나비가 아지랑이 아롱다롱
피어나는 들길을 산보가 듯
내 마음도 밝고
포근한 아침 햇살을 타고
둥실둥실 떠올라가는
이른 봄날 아침
기분 참 좋네

2022. 1. 25.

아버지에게 보내는 편지

어른이 되고 나니 알겠더라
내 삶이 힘들 때마다 생각이 나더라
어릴 적 밥상머리에서 하시던 아버지 말씀
살아보니 성경, 불경보다
더 가슴에 와 닿는 그 말씀들
현실이라는 큰 벽이 내 앞에 버티고 있을 때
도저히 혼자라서 못 넘을 벽이라고 생각할 때
기적을 울리고 지나가는 기차처럼
내 머리를 스치고 지나가는 아버지 말씀이
어려운 삶일 때 열쇠라는 것을 알았네
나 혼자 걸어가는 길 오르막길을 걷다 보니
너무 숨이 차 포기하고 싶을 때
딱 생각나는 죽기보다 더 듣기 싫었던 잔소리가
머리에 떠오르는 것은 무슨 까닭일까요
그립습니다. 아버지
왜 그때는 그 말씀을 몰랐을까요
삶이 힘들어 세상 천지에 나 혼자이다 싶을 때
아버지가 하시던 말씀
아버지 나이 되어 가만히 복기해 보니
어찌 틀린 부분이 하나도 없네요
지금 현재 내 부족한 부분이

그때 그 말씀으로 채우니 이렇게 완벽한데
그때는 왜 몰랐을까요
나이가 세월을 메꾸어가니
삶의 퍼즐은 맞추어지고 현실의 모자라는 부분이
아버지가 하시던 말씀으로 꽉 채우니 완벽한 것을…
인생의 왕도는 배움이었군요
하루를 살고 일 년을 살고 나면
강가에서 채취하는 사금처럼
마지막에 반짝이는 금은 인생의 경험이었군요
나무의 나이테가 나무의 이력을 말해주듯
내 나이가 내 삶의 깊이를 나타내 주는 경륜이었군요
삶의 정답은 아버지가 하시는 말씀 속에 있더이다
그 나이에 해야 할 일 맞추어 하면 후회할 일 없다고
부족한 부분이 있으면 있는 대로
못한 일이 있으면 못한 대로
오늘 할 일은 오늘 해 페이지를 넘기고
내일 일은 내일 일기장에 쓰면 된다고
현재 일만 처리하면 된다는 그 말씀
세상에는 특별히 잘난 인생도 없고
특별히 못난 인생도 없어
이 인생 저 인생 플러스 마이너스 나누고 보면

모두가 곱하기 영이라는 철학 딱 좋습니다.
현실에는 완벽은 없고 일을 당하기 전에는 알 수 없기에
매일 매일 처음 가는 낯선 길이라
실수를 연발하나 봅니다
지금 아버지가 하시는 말씀 솔직히 맞다는 싶으나
설마 그만큼 그럴까 싶은데
옳은 말씀이다 싶은데도
백 프로가 아닌 설마 그럴까 싶어
심각하게 받아들여지질 않네요
아마도 나도 아버지 나이가 되면
지금처럼 희미한 믿음이 확신으로
확 밝아 오겠지요
이렇게 한 층 한 겹 깨우침을 쌓아가는 것이
인생의 깨달음인가 봅니다.
삶의 최고의 스승은 경험이었군요
난 지금 후회와 반성으로 소주 한 잔을 사이에 두고
추억 속에 아버지와 대화를 나누고 있는데
요즘 나이가 더 먹어 잠도 잘 안 온다는 우리 아버지
지금은 무슨 생각을 채굴하고 계신지 궁금하네요
내 지금 힘든 터널 지나고
날숨 들숨이 평화로워질 때쯤에는

효도하겠습니다.

사실 지나온 그때도 이런 마음 가지고 있었는데

마음뿐이고 실행은 되지 않더군요

그래서 후회는 삶의 숙명인가 봅니다

지금 효도해도 되는데

내일로 자꾸만 밀리는 것은 무슨 까닭인가요

밤 깊은 이 밤에 당장 전화해

안부를 물을까 싶다가

혹시나 놀랄까 봐 못 하고

내일 날 밝으면 하지 싶다가

코앞이 바빠서 못 하고

이렇게 몸 따로 마음 따로네요

빌어봅니다

내가 효도 할 수 있는 그 날까지

아버지 건강하게

오래오래 살아주세요

2022. 1. 26.

봄날 아침

산허리를 감아 나선
안개비가 마실을 나설 때
자기도 따라가면 안 되느냐고
장닭의 목청 놓은 물음에
무슨 일인지 무슨 소리인지 궁금해
참새 떼 한 무리 나뭇가지 위에 날아들어
뭐라 뭐라 조잘대는 소리에
장독 뚜껑이 들썩거린다
이른 봄날 아침 햇살이
땅을 녹인 밭두렁에
새싹들의 두런두런 이야기 소리가
땅 두더지 굴 따라 내게도 전해지네
겨우내 춥다고 잊고 지내던
친구 전화번호라도 찾아
오늘은 잘 살고 있는지
안부 전화라도 해 봐야겠네

2022. 1. 27.

어머니에게 보내는 편지

어머니, 어머니
그 이름만 불러 봐도 눈물이 핑 돌고
가슴이 안개처럼 먹먹히 짙어 와
떡 먹다 맥힌 목처럼 꽉 찬 그리움이 차오릅니다
꿋꿋한 대쪽보다 부드러운 갈대로 살길 염원했고
짧고 굵은 놈보다 가늘고 긴 놈으로 살기를 타일렀던 어머니
제 자식 낳아 길러보니
어머니 하신 말씀 하나 하나씩 증명이 되고
그 옛날 철없던 날들이 부끄럽습니다
내가 힘들고 어려울 때 언제나 내 편이었던 어머니
어머니는 이 세상에서
가장 든든한 나의 빽이었습니다
배고플까 봐 많이 먹어라, 아플까 봐 쉬어가며 하라
그 이쁜 마음 그 고마움을 황금으로 사면
얼마나 많이 줘야 할까요
이제사 어머니 나이 되어보니 엄마 마음 알 것 같네요
보고 싶습니다, 그립습니다
은하수 강 흐르는 저 하늘에
보고픈 마음 조각배에 띄워 놓고
이 한밤이 다 지새도록 이야기하고 싶습니다

2022. 1. 26.

병원 가는 날

물 머금은 솜처럼 찌릿한 통증이
꿈길을 재촉해 잠을 깨운다
벽에 걸린 달력을 바라보니
오늘이 병원 가는 날
병원 문 들어서니
배급 타러 온 사람 줄 서듯
온갖 종류의 차들이 줄을 서는구나
차들 종류만큼이나 다양한 병들
남녀노소가 찾아와
저마다 갈 곳을 정하면
의사 선생님 말씀 한마디에
희로애락으로 변한다
후회가 든다
먹을 때 잘 먹을걸
행동할 때 잘할걸 싶지만
지금 후회는 하나도 현실을 못 바꾼다
인생의 마지막 카드는 운명이다, 숙명이다
되뇌며 마지막 한 수
최선을 다해보기로
마음 다잡아 본다

2022. 1. 29.

밤 비

밤 깊은 밤
토닥토닥 시작한 비
홀로 다리를 건너
강 건너 마을로 마실을 간다
강 건너 마을엔
매화가 피었다는데
그 소식 싣고 오려나
비 피해 처마 끝으로
날아든 작은 새 두 마리
이야기 소리
도란도란 들린다
그들도 나와 같이
밤잠이 없나 보다
한숨 자고 난 야심한 밤
내 몸은
이 방 저 방 찾아다니고
내 머릿속은
이 생각 저 생각으로
이리저리 돌아다니네

2022. 1. 29.

가보지 못한 길

길을 묻는다
갈 길을 앞에 두고
자꾸만 자꾸만 옆길에
눈길이 가는 것은
욕심 때문인지
호기심 때문인지도 몰라도
가던 길 가면 수월 할낀데
못 가본 옆길을 가고 싶다
아무리 후회하고
사는 인생이라 하지만
더 잘 될 것이라는
희망의 마술이
나를 자꾸 홀리네
얼마쯤 언제쯤 더 가야
헷갈림 없는 그 길을 갈까
오늘도 무얼 해볼까
고심하는 나
아직도 젊은가 봐

2022. 1. 30.

설 날

음력 섣달 그믐밤은 달빛이 없다
푸른 바다 하늘에 반짝이는 별들이
노둘돌이 되어 지나가는 해와
올해 사이에 징검다리를 놓고
땅 위엔 때때옷 입고
고운 한복 바지에 색동 분홍치마를 입고
사각사각 걷는 발걸음 소리가
할아버지 아버지 나를 이어주고
손에 손을 잡고 세뱃길 나서는
젊은 가족들의 신나는 웃음소리는
정으로 이어진 삶의 활력소이다
어슴한 새벽별 사이로 가느다란 햇살이
구름배를 올라탈 때쯤
동쪽 산 넘어 동네부터 설날 아침은 열리고
할아버지 쌈지 세뱃돈에
할머니 후덕한 덕담이
손자 손녀에 마음은 기쁨에 천사가 된다
올 설에는 가족들 모두가
서로서로 사랑하고 아껴주는
행복한 그런 한 해가 되었으면 좋겠네

2022. 1. 31.

희망가

잘 살 때는 몰랐다
일상의 평범한 행복을~
내 삶이 힘들다 보니
생존의 현실 게임이
너무 야속하다
돈줄도 없고
돈 될 만한 줄도 없는
나 홀로 부르는 아리랑 곡조
너무 힘들다
언제쯤 하늘에서 벼락 맞듯
돈벼락 한번 맞을 기회가 있을까?
나라고 언제나 밤길만 걸을까?
인생 팔자 새옹지마라고
고생에 상응하는 낙도 있으리라
세상은 음과 양의
조화이기 때문에
내일은 쨍하고
해 뜰 날이 오겠지

2022. 1. 31.

설날 아침

설날 아침에 차례를 지내고
대청마루에 두 눈 감고 있으니
강물에 모래 밀려오듯
가만히 쏟아지는 햇살이
따스함을 밀고 오네
환갑이 지난 이 나이에
세상에서 삶의 경쟁이 사라지니
욕심도 없다
장년 시절에 도토리 키 재기를 하듯
삶의 눈치 경쟁도 많이 했는데
이제는 재물과 부귀도 아닌
누가 더 건강하나
절제의 미덕이 돋보이는 나이
욕심을 내려놓고 싶다
말하려는 힘보다
듣는 경청의 힘을 길러야겠지
패기보다 인내를
미덕으로 삼을 나이
조용히 삶을 복기해 보는
설날 아침이네

2022. 2. 1.

입춘대길

벽에 걸린 달력에는
오늘이 입춘이 분명한데
날씨는 물가에 오리도
고기잡이를 그만두고
강둑 햇살에
언 몸을 녹이네

날씨가 문맹이라서
대문 앞에 크다랗게 써 붙인
입춘대길이란 글자를 못 읽고
제 갈 길 몰라
아직도 머물고 있나 보다

추위 때문에 세상으로
못 나오는 개구리나
코로나 때문에 못 나가는 나나
냄비 속에 불어 터지는 라면 같이
마음만 부글거리는
올해 입춘의 아침이네

2022. 2. 4.

너의 웃음

가픈 숨으로 월암산을 오른다
헐떡이는 숨으로
산마루에 올라서면
강물 거울에 비친 석양빛이
황금을 널어놓은 듯
반짝거리고

강바람은 솔바람이 되어
머리카락을 가른다
문득 떠오르는
너의 작은 웃음은 미소꽃이 되고
활짝 웃는 너의 웃음은 해바라기 꽃
이 세상 다 가진 듯
함박 웃는 웃음은
함박꽃 웃음

나는 세상에서 너 웃는
웃음꽃이 제일 좋더라
너 웃는 그 웃음소리가
제일 이쁘더라

2022. 2. 4.

부부 사랑

처음에는 무덤덤했지
그렇다고 반짝이는
금도 아니었어
비 내리는 날
비에 땅이 촉촉히 젖어들 듯
내 마음에 촉촉히 스며들더라

꽃을 볼 때
꽃이라서 아름답듯
너를 바라볼 때
너라서 기쁨이더라
십 년이 지나고
삼십 년을 함께 지내다 보니
내가 너인지 너가 내인지
알 수가 없더라

어느새 너 아픔이
내 아픔이 되었고
너 기쁨이 내 기쁨이더라
너 없이 존재할 수 없는
존재이기에

너 옆에 딱 붙은
껌딱지이더라

세상에 사랑이란 말이 있다면
너의 이야기고
보고픔이 있다면
너라고 말하고 싶다
부부 일심동체라고 하더니
그래서 그런가 보다
지금까지 갈고 닦아보니
넌 다이아몬드더라

2022. 2. 5.

석 양

오리 날갯짓으로
시작된 강바람은
갈대잎을 타고
솔잎 가지를 스치면서
사나이 거친 숨결같이
요란하게 산마루에 올라서고

황매산 넘어가는
석양빛은 강줄기에
발 담그고 사금 줍기에 바쁘구나
반짝이는 금빛 물결이
내 얼굴에 물고기처럼 헤엄치면

건너편 산마루에 선
키 큰 떡갈나무
내게로 사다리를 놓는구나
내 마음은 사다리를 타고
구름 한 점이 되어
살금살금 건너가면
그기에 내 님 계시려나?

2022. 2. 5.

그녀의 이야기

산 넘어 달이 으슴한 하늘을
산보 나서면
입춘 지난 초저녁 바람이
귓속말로 봄이 온다고 속삭이네
이른 저녁을 먹고
그녀와 손잡고 산보길 나선 강둑
강 건너 마을에서 비치는
가로등 긴 그림자에
물결은 박수를 치고
코끝으로
스며드는 봄 내음에
마음은 둥실둥실 떠올라
행복의 나라로
날갯짓하는구나
너와 나와
함께 걷는 길이라서
이렇게 행복한가 보다

2022. 2. 7.

봄날의 잔치

강 넘어 아침 햇살이
숯불 고기 굽듯
은근히 대지를 달구고
아침 찬 바람이 마실 가고 없을 때
작은 미풍이 속삭인다
공양미 삼백 석에 심 봉사 눈 뜬
이야기를 들은 매화꽃 가슴 뛰며 놀라
꽃잎을 한 꺼풀 두 꺼풀 벗겨내면
눈치 보던 장독대 옆 목련나무
뛰는 심장 소리에 놀란 꽃망울이
부풀어 봉긋 솟은 것이
동녘산 올라서는
보름달같이 우아하구나
이런 좋은 봄날
애인이랑 꽃놀이라도 즐겨야
이 계절에 맞는 품격 아닌가
몰라 애인아
멋진 이 계절에
세월도 잊고 나이도 잊고
폼 나게 한번 즐겨 볼까나?

2022. 2. 8.

봄 소식

봄날 햇살이 보내는
화사한 꽃잎편지에
새싹들에 사랑은 피어나고
가을에 떠난 둥지를 찾아
열심히 보수하는 작은 새

한 쌍이 내게로 아지랑이
꿈 편지를 전하면
난 너에게로 보고픔을 전한다
뗏장 뿌리 밑으로
봄비 소식이 전해지면
땅속 동면 처사들이
서로 생사를 묻고
벌 나비의 날갯짓 소리가
메아리 되어 산을 울리면
봄이 깨어나는 소리에
놀란 봄꽃들이
하나, 둘, 세상을 열어간다
봄꽃이 연 창 넘어 너의 그리움이 있어
이렇게 너에게
내 마음에 편지를 쓴다

2022. 2. 8.

인생은 바보

햇살이 젊은 남녀의 사랑에 열정만큼
뜨겁게 쏟아지는 춘삼월 좋은 시절
만물의 삶의 힘은 어린아이 힘자랑하듯
불끈불끈 솟아 꽃봉우리도 생기고
파릇파릇 새잎도 돋고
까치집 수리도 한창이다
퇴청마루에 힘없이 앉은 나는
망태에 잡힌 고기처럼
도전 없이 그저 삶에 저항하고 있다
젊은 시절에 몸도 마음도
진시황이 되어 내 몸 어디에도
내 뜻 하나로 일사천리로 움직이는
일심동체였는데
이제는 나이가 드니 내 몸과 마음은
춘추 전국 시대가 되어
여기서도 전투에서 패해
아픔에 고통을 전해오고
저기서도 힘들다고 원군을 요청하고
하루 하루 막기에도 급급하구나
병원에 가 약을 타다
지원 물자를 보내보지만

그 순간뿐이고 그러다 보니
나이가 늘듯 내 주위에 늘어가는 것은
약봉지뿐이구나
내 나이에 남들은 어떠냐고 물어보니
괜찮다고 하나 사실 그 형편은 그기서 그기더라
잘난 놈도 한 때 화려한 불꽃이었고
이제는 젊음이 다 타 버린 현재
화롯불의 불꽃이 되어
그저 자꾸만 작아져가는 반짝임으로
재로 변해가는구나
긴 한숨으로 받아들임을 각오해 보지만
통증에 아픔은 어쩔 수가 없네
참아야 하지만
그래도 통증은 송곳같이 빈틈을 파고드네
이 한방이 찌를 때마다 희망과 용기는
움찔 움찔 위축되고
생각은 작아진다
두 눈을 감고
긴 한숨에 내가 어쩌다가 이리 되었노
되뇌보지만 몸은 말한다
그동안 지나온 세월이 얼마이고

아무리 잘 만든 물건도
기계도 한 번도 안 쉬고
육십 년 칠십 년을 써 왔는데
어찌 고물이 되지 않겠느냐고
인간이 만든 최고라고 치는 걸작인
쇠로 만든 항공모함도 오십 년이 되면
고물 처리해 용광로에 녹여
다른 용도로 쓰는데
신이 만든 완벽한 물건이라
인간 몸 내구성 그만하면 되었지
욕심도 많다고
몸이 나에게 항변을 한다
야 이놈의 몸아 다른 사람들은 다 건강한데
나만 왜 이래 아이고 그런 소리 마소
그런 사람들도 말은 안 했을 뿐
똑같소이다
혹시 신의 실수로 유전자 조작이 너무 잘 되어
그렇게 멀쩡한 사람도 있긴 하지만
그것은 소수고 여기저기 아픈 것 따져보면
그기서 그기라네
기계를 좀 더 액셀러레이터를 더 밟고

덜 밟은 차이라네
언젠가는 가야 할 곳
새로운 순환의 법칙을 공부하라 하네
아침 먹고 약 먹고 나니
밤새도록 아픈 팔이 조금 진정되니
머릿속은 오늘은 무슨 일을 해 볼까 하고
희망의 욕심이 차오르는 어리석은 나는
무슨 까닭인가?
이래서 인간은
바늘만큼 희망이 있어도
포기 못 하고
끝까지 움켜쥐려는
바보인가 봐
진짜로 이 세상 물건
내 것 하나도 없는데

2022. 2. 9.

무엇 때문에

세상인심 참 무섭더라
그기 있을 때는 몰랐다
그곳이 내 영역인 줄 알았고
그기서 그 자리인 줄 알았다
그 속에서 꿈도 심고 희망도 심어
더 키 큰 나무가 되겠다고
다짐도 했다
누구 말대로 자고 나니
역사가 바뀌더라
모든 것이 한순간이고
찰나의 불꽃이더라
불꽃이더란 말은
종교의 깨달음 이야기인 줄 알았다
어느 날 문득
내가 선 자리
내가 존재했던 자리에
내가 출근해야 했던 자리에
내 설 곳이 없네
이때 밀려와
꽉 채우는 적막강산은
무엇이란 말인가?

무슨 생각을 해야 할까?
무엇을 해야 할까?
딱 멈추어 서 버린 시곗바늘처럼
모든 것이 딱 멈춘 이곳을
무엇이라고 표현해야 할까
오늘은 무엇 때문에 꽉 채워지는
풀지 못할 수수께끼
화두에 매이는 하루이구나

2022. 2. 9.

욕심의 허무

내어 주자
비워 주자
가지지 말자
그럼 번민이 없어지나?
알려고 하지도 말고
모른 체하자 그럼 욕심이 안 생기나?
보려고 하지 말자
보지 말자
그러면 시기심이 안 생기나?
먹으려 하지 말자
먹지 말자
그러면 배탈도 안 생긴다
이뻐하지 말자
사랑 안 생기면 미움도 없겠지?
하나, 둘 가질 때에는 좋았네
하나, 둘 잃어가니
그 속 쓰림에 도로아미타불이네
봄 햇살에 만물이 제 간 길을 가듯이
나도 내 가던 길 가야겠네

2022. 2. 9.

사랑의 신기루

눈에 보이는 것은 신기루였고
현실은 일장춘몽 개꿈이더라
인생은 욕망을 따라다니는 허수아비
부와 출세는
삶의 고통을 속여 주는
환각제였고
삶은 생명을 이어주는 고리였고
사랑은 사람과 사람을
연결하는 다리이더라

2022. 2. 9.

봄날의 꿈

봄 햇살이
사랑을 유혹하면
비로소 나무들이
삶의 유희에 눈을 뜬다
그 기운이 하늘과 땅에 가득 차면
만물은 봄 잔치에 분주하고
내 마음에도 사라져 갔던
청춘의 봄이
오는 듯 마는 듯하여라
천기와 지기를 받아
그대도 화분 하나 사서
그대가 가장 키워보고 싶은
꽃 한 송이 심어 보구려
그대 마음도 함께 심어 보구려
혹시나 아나
그대가 진정 이루고 싶은
꿈이라도 열릴지
가지고 싶은
사랑이 열릴지

2022. 2. 9.

병원 침대에 누워

병원 침대 누워 희미한 형광등 불빛만 본다
링거는 최선을 다해 달리는 달리기 선수처럼
내 몸으로 열심히 빨려 들고
간혹 찾아드는 어깨 통증은 일상을 멈춘다
몇 날 며칠 계속되는 통증은
용기 없는 남자로 만들고 싸움에 진 장닭처럼
몸도 마음도 위축되어 얼굴은 고통으로 일그러지고
신음 소리가 나팔 불면 의욕도 없다
아무리 세월이 약이라지만
그 세월도 오래되니 늙음이 병이 되는구나
의사 선생님 몸 생각해서
아껴 써야 한다고 말하지만
청춘 희망의 불꽃이 덜 사그라들어
최선을 다하다 보니
생로의 다리를 건너
병이라는 문턱에 들어서니
의욕과 패기는 사라지고
가장 원치 않는 모습으로 추락하는구나
항거할 수 없는 저항 할 수 없는
그 끝은 후회와 눈물뿐이더라

2022. 2. 9.

오늘은 헛방

무얼 해볼까?
이 생각 저 생각에
머릿속은 바둑돌 놓듯이
이 연구 저 연구
다 동원해 보지만
이번 판에 딱 맞는 묘수는 없고
틀린 답인지 맞는 답인지 몰라도
확신 가는 소신은 없네
결단 없이 우물쭈물하다
한평생 후회했는데
육십 넘은 지금도 갈림길에서
우왕좌왕하는 걸 보니
더 좋은 길을 찾아
비교하는 것은 영리한 인간의
어리석음인가 보다
매일 매일 현명한 선택을 한다고 하는데
결과는 후회의 연속이더라
하루해는 다 져가는데
노력해도 결과는
헛방이로구나

2022. 2. 9.

이별 후 후회

잇는다고 해도
잊으려고 해도
의지뿐이고
마음은 하루해가 다 져갔는데도
노력해도 결과는 헛방이로구나
마음을 수십 번 반복해
원위치 해보지만
현실은 그렇지 못하네
강물이 꾸정물을 씻고 씻어
반짝이는 모래알을 골라내듯
흘러가는 시간이 내 상처 씻어주려나
기도해봐도 공염불
또다시 봄은 오는데
새싹이 돋듯이
그 생각이 돋아남은
아직도 그대 사랑이
남아 있나 봐
보고 싶다 그대
그대가 그립다
봄 햇살만큼

2022. 2. 10.

시골 다방

영화에 나오는 허름한 건물 다방이라네
그래도 족보도 있고 이름도 있다
얼마나 많은 사람들의 휴식을 제공했는지
내 나이만큼 빛바랜 탁자
갈라진 탁자 틈 사이로
수많은 사랑에 흥정이 오고 가고 했을까?
벽에 멈추고 서 있는 시계처럼
다방 아가씨 웃음소리와
뜨내기 손님의 너스레 소리가
액자처럼 벽에 걸려 있네
찻잔 속 시커먼 커피 색깔같이
아가씨와 건달들의 수 싸움
판이 끝날 때까지 알 수가 없다
뻔한 누가 승자고 패자인지
아무도 따지지도 묻지도 않는
공정한 룰이 주고받는
장군, 멍군 삼삼오오 촌노의 쉼터에
한 수를 즐기러 오늘도 출근 중이라네
왜냐면 간이역같이 사람 사는
인생의 쉼표가 있기 때문이지

2022. 2. 10.

인간의 마지막 소원

저녁 약을 먹고
잠깐의 일상을 즐긴다
초저녁 초승달 한밤이 되기도 전에
서산마루 넘어가듯 피곤한 하루
쏟아지는 약 기운에
마른 솜 물 빨아 들이듯
잠 속으로 빠져들고
때가 되면 밀려오는 밀물처럼
통증은 꿈길을 찾아
찰싹 찰싹이는 파도처럼 밀려오면
내 쉬는 날숨에 기압이 들어가고
들어 마시는 들숨에
눈을 감았다 떴다 그런다
통증에 고통 참기 힘들다
내 의지로 통제하기에는 고문이다
이 고문에는 신념의 힘도 체력도 애정도
모두가 무용지물이다
오로지 단 한 생각뿐
이 고통에서 벗어날 수만 있다면
내가 가진 그 무엇하고도 바꾸고 싶다
고통을 멈추게 할 수 있는 방법이 없음에

절망의 늪은 깊어지고
저항할 수 없는 힘에
그 약이 하늘에 있다면
달까지 닿는 사다리를 만들어 놓아서 따오고 싶다
만약에 고통을 멈출 수 있는 약이
땅속에 있다면 만년이 걸려도
그 약을 삽질해서라도 캐오고 싶다
안 아플 때에는 몰랐다
생로병사란 말은
성인 군자들이 쓰는 말일 줄만 알았다
남들이 병이라고 이야기할 때
그냥 측은한 마음이 아픔만 느꼈는데
내가 막상 그 길에 들어서니
몸도 마음도 영혼도 아프다
기약 없는 아픈 고통에
한숨과 눈물로 끙끙 앓는
신음 소리로 맞대응해 보지만
계란으로 바위 치기
통증이 지속되어 갈수록
한없이 작아지는 나의 욕심에 영역
모든 걸 다 줄게

이 통증과 맞바꾸자고
제안해보지만 상대는 요지부동
아궁이 짚불처럼
자꾸만 자꾸만 사그라들어가는
의지에 삶의 한계가 느껴진다
얼마나 급하면 인생 부귀영화 신분의 귀천
가지고 못 가지고 잘 살고 못 살고
잘나고 못나고 아무 생각 없고
오로지 단 하나의 소원은
이 통증의 아픈 고통에서
벗어나게 해 주면
내 인생소원 아무것도 없다네
안 아플 때 생각 욕망은
배부른 신세타령이고 사치네
이 순간 딱 하나만의
기도문을 가지고 싶다
신이시여?
이 통증을 한시바삐 멈추는
자비를 베풀어 주소서
몸과 마음을 다해 빌고 빌어 기도드리나이다

2022. 2. 10.

너에게 하고 싶은 말

법당 촛불이 산사의 밤을 지키듯
이 아픈 통증이
세상 만물 잠든 밤에
이 몸을 뜬 눈으로 지킨다
동네 꼬마 녀석들
깡통 차기 놀이 즐기면
시간이 길어질수록
깡통은 자꾸 쭈그러들듯이
통증의 시간이 길어질수록
몸도 마음도 자꾸 쪼그라든다
아픔의 날수가 길어갈수록
몸과 마음은 지쳐가고
이제는 영혼 없는 좀비가 되어
주기적으로 찾아오는 통증에
반응 잘하는 신호등같이
신음 소리로 답한다
아무리 연구해도 대책 없는 대책에
한숨을 쉬어 봐도
어쩔 수 없는 벗어날 수 없는
현실에 망연자실이다
세상에 내 이야기는

언 눈 녹듯 녹아가고
세상사 물욕에 아귀다툼
이 아픔 하나면 끝이 나네
그저 번민도 말고 욕심도 말고
오직 건강 하나만 잘 챙기시게
삶에서 가장 중요한 것이
건강이란 걸 알았을 때는
이미 버스 지난 뒤 손들기라네
건강할 때 건강 잘 지키시게나

2022. 2. 10.

죽음보다 더 아픈 통증

어둠이 대지에 숨어들 때
어둠이 세상 전부를 삼킬 줄 몰랐네
통증의 아픔이 내 몸에 스며들 때
그 아픔이 나의 전부를 가져가는 게임인 줄 몰랐네
약도 친구도 가족도 의논할 수 없고
나누어 가질 수도 없고
오로지 나 혼자만이 감당해야 할 숙제
스승이 없어 해답의 길도 없다
지켜 줄 이도 함께 할 이도 없는 적막고원의 사투
눈 오는 날 먼 곳으로부터 내 걸어온 발자국
차츰 차츰 지워지듯 먼 곳으로부터
하나둘 희미해져 가는 발자국처럼 이 세상에
나의 흔적이 아픔의 신음 소리에 지워져 간다
젊음이 있을 때 인생 고갯길 힘들다고
아우성쳐도 그 오르막 십 년 길이
오늘 하룻밤보다 짧다
또다시 시작되는 통증의 경고에
체념으로 두 눈 감아 보지만
마음속 넘어로 자꾸만 밀려오는
통증에 두려움이 무섭다

2022. 2. 11.

종합병원 진료

병원 지하주차장에서 도시락으로 점심을 때운다
먼 길 오다 보니 진료시간 딱 맞추기 힘들다
환갑을 넘어서니 낡은 몸값 명목으로 다른 청구서가
달마다 참새 집 드나들 듯 자주 찾아오는구나
대학병원에 오니 기본 번호표에 기다림 순번이 길어지고
청춘 시절에 못 배운 인내와 참을성을 배운다
진료실 앞에 앉아 진료 명단을 보니
내 나이는 중간은 되는 걸 보니
인생 중박은 되나 보다
인생길 매일 같은 그 길같이 보이지만
오늘은 언제나 처음 대하는 초행길
날이 갈수록 나이가 더할수록
몸의 기운은 작아져만 가고
여기 저기 이곳 저곳 전 후방 없이 통증에 신호만 오네
타인의 얼굴에서 내 미래가 보인다
검사료 내 돈 내고 그냥 가라는 소리
하나도 안 서운한 걸 보니
이곳이 진짜로 무서운 곳인가보다
돈 많이 내고도 대가 없이 그냥 가라고 하면
이보다 더 기쁜 일 없네

2022. 2. 11.

봄날의 선물

낙엽 깔린 오솔길을 지나
소나무밭 황톳길
서리발을 보드득 보드득 밟는 소리
이월의 이른 봄은 산 넘어 동네로부터
조심스레 오는가 보다
숲길을 지나다가
인동초잎에는 따뜻한 입김을
산마루에 선 생강나무꽃에게는
노란 그림물감을 선물하고
밭둑에 선 매화나무는
벌 나비 선물 주고
봄 기다리는 나는
이쁜 그녀와 마음과 마음이 통하는
다리를 놓아주네
그대도 오늘 봄날이 주는
마음의 선물 하나 받아보시구려

2022. 2. 11.

수술을 앞두고

토닥토닥 난로엔
장작이 붉게 타고
번민 많은 내 머릿속엔
수많은 생각에 조각들이
토닥토닥 타 들어가고
길게 내품는 한숨 입김에
짙은 밤은 옅어가고
게으른 선비 책장 넘기듯
소득 없는 이 해결책 저 해결책
동원해 보지만
공인되지 않는 기록이라 무용지물이고
내일 그녀를 만나 무슨 말을 해야 할까?
그녀가 웃을까? 울까?
아직도 연구 중이라네

2022. 2. 12.

보빈이에게(엄마가)

보빈아 이제 너의 수술이 일주일 앞으로 다가왔구나

태어나서 사시임을 알게 된 생후 6개월부터 너를 괴롭히던

사시를 일주일 뒤엔 떼어 놓을 수 있을까?

오히려 가림치료다 안경치료다 하며 끝나지 않는 치료의 터널

로 또다시 들어가는 건 아닌지 걱정도 된단다

너가 저번에 수술해야 한다는 내 말에 "수술하기 싫어 엄마

해"라고 말했었지

그때 참 마음이 아팠어 ·

우리에게 왜 이런 어려움이 생겼나? 하늘도 원망해봤지만

지금 우리가 할 수 있는 최선은 수술과 치료를 잘해서 너가

예쁜 눈을 가지는 것뿐이라는 걸 깨닫고 나라도 바로 서야겠

다고 생각했어

엄마는 강해져야 하니까 너에게 건강한 눈을 선물해주지 못

해 짧은 너의 4살 인생에 고난이 많은 것 같아 미안해

수술 전 준비물을 이것저것 준비하면서 엄마는 이런 생각이

들더라

"이 또한 지나가리라"

여러 가지 어려움이 닥치겠지만 언젠가는 이 모든 게 지나가

고 너는 예쁜 눈을 가진 소녀로 잘 클 수 있을 거라 믿고 있

어

너를 아는 모두가 우리 보빈이를 위해 기도해 주고 있으니

어려움이 있더라도 결국은 해피엔딩이 될 거란 걸 말이야
세상을 살다 보니 좋은 경험도 덕이 되지만 힘들고 어려운 경
험도 삶의 좋은 밑거름이 되더라고
우리 보빈이는 이런 큰일을 겪었으니 앞으로 좋고 행복한
일만 가득 될 거야
힘내자 우리 딸

2022. 2. 12.

아버지(성은이가)

어제 아버지 어깨 수술을 해야 된다는
이야기를 들었어요
어깨에 힘줄이 끊어졌다고 그 순간 아버지가
그동안 묵묵히 일하던 그 수많은 장면들이
마치 영화처럼 눈앞에 스치고 지나가더라고요
어깨 아프다고 하신 지는 몇 년 된 것 같은데
그저 단순 근육통이겠거니
넘긴 제 자신이 원망스럽습니다.
처음 아프다고 할 때 큰 병원을 가보시라고 할걸
제가 너무 무심했나 봅니다.
힘줄이 끊어질 때까지 여러 가지 신호를 보냈을 텐데
그 고통을 묵묵히 참기 얼마나 힘들었을까요
아버지 수술과 일주일간의 입원 치료가
지금 너무 막막하게 느껴지겠지만
제가 살면서 너무 두렵고 힘들 때
요즘 생각하는 게 있습니다. 이 또한 지나가리라
언젠간 지나갈 거기 때문에 눈 꼭 감고 조금만 참자
수술도 잘 끝나고 퇴원하여
통증이 끝나는 그 날을 기다리며
아빠를 응원하고 기도할게요

2022. 2. 12.

인생의 목표

사람은 무얼 위해 사는가
무엇이 가장 용기 있게 해줄까?
아마도 목표의식이겠지
단 한 가지 생각으로
흔들림 없이 가는 행복
가끔 뜬금없이
술 한잔 먹고
삐딱선도 타고
소쿠리 비행기도
타보는 행복도 느껴보지만
가야 할 곳
가는 길은 변함 없다
변화 있는 삶이
생활에 활력을 주듯
어느 정도 기복 있는 삶이
사는 재미를 준다

2022. 2. 12.

삶의 정석

시련은 누구에게나 있다
고통도 누구에게나 온다
울고 가느냐?
참고 가느냐?
차이는 있다
견뎌내는 시간은 똑같다
감당해야 할 무게도
똑같다 저항하느냐
순응하느냐
차이뿐이다
저항이 수월할까?
순응이 수월할까?
오늘도 이것을 두고 고민해 보지만
무엇이 옳고 무엇이 틀린지
모르지만 결과는
늘 같다는 사실은 변함없다
세상에는 남의 이야기
내 이야기
딱 두 가지 뿐이다
남의 이야기는 수월하고
내 이야기는 항상 힘들더라

내게 어려운 일이 닥쳐왔을 때
남의 이야기처럼 수월하게 생각할 수 있다면
얼마나 좋을까?
남의 이야기가 내 이야기처럼
잘 이해되면 난 언제나 누구에게나
좋은 사람이 될 텐데
이래서 조금 더 좋은 사람이 되기 위해
살아가면서 힘든 일들을
경험하게 되나 보다

2022. 2. 12.

시골 오일장

봄이다
시골 오일장을 나선다
이 물건 저 물건 구경을 한다
냉동실에서 세상구경 사람구경 나선
명태 눈도 갈치 눈도
신기함에 반짝이고
놀란 고등어 눈 구슬만 하네
미스코리아 선발하듯 이쁜 옷을 입은
과일들이 몸매자랑 피부 자랑하는
얼굴이 황홀하게 이쁘다
난전의 철물도 꼭 생활에 필요하고
장한 모퉁이에 말없이 모여 있는
장독대 질그릇도 오라는 건지
보라는 건지 눈길이 가네
뜨내기 꽃모종 장사
잘 진열된 트럭에 올라앉은
이름도 성도 국적도 모를
꽃들이 눈길을 확 사로잡네
향기도 없고 친함도 없다
그냥 화려한 꽃잎이 여우처럼
마음을 확 홀려 사게 된다

봄이 보고파 봄을 사는 건지
꽃이 이뻐 꽃을 사는지 몰라도
눈요기 실컷 하고 나니
구수한 음식 내음이 주막집 색시가
나그네 유혹하듯 자의 반 타의 반으로
그 꼬드김에 넘어가
장국 한 그릇에 탁주 한 잔이면
오늘도 행복 만땅으로 충전되고
와자지껄한 확성기에
손님 부르는 소리가
덩달아 내 기분도 풍선이 된다
한 손에 봄꽃을 들고 다른 손에 생선 두 마리 들고
집으로 돌아오는 길은 일주일 내내
행복한 노년에 오일장이네

2022. 2. 12.

아픈 고통

이런 거머리 없다
통증의 이 고통
이것은 인간의 삶에서
최악의 느낌이다
통증만 없어도
아무것 가진 것 없어도
무척 행복할 것 같다
통증만 없어도
진짜 행복할 것 같은데
이 통증이 없어지면
인간은 왜 또 길흉화복으로
행복, 불행을 가를까?
참으로 어리석은 인간의 마음
언제쯤 깨침의 아침이 올까?

2022. 2. 13.

큰 수술을 앞두고

나뭇잎이 가을바람 향기에 낙엽이 되어
일생을 마감하고 우리는 아픔의 통증으로
삶과의 이별 연습을 한다
연습이 길어질수록 끝은 가까워지고
끝이라는 그 말은 슬프다
밤하늘 유성처럼 화려한 여운의 아름다움으로
흐느끼고 내 마음 몰라주는 세월이 야속하다
잊어야 한다
잊혀져야 한다는 그 사실이 너무 밉다
이제사 겨우 세상 이치를 그 재미를 알 듯 말 듯한데
태양의 석양 노을이 아름답듯이 노년의 아픔은
인생의 삶을 노을 빛깔보다 더 곱게 가을 단풍잎보다
더 이쁘게 물들인다
애틋해 이 슬픈 아름다움에 흐르는 눈물이
하고픈 말 대신하고 친정 와 시댁 돌아가는
새색시 발걸음같이 아쉬움으로
눈물 반 걸음 반 돌아보고
또 돌아보는 삶의 아쉬움이여 앞날을 생각해도
지금 이 순간이 촛불의 마지막
소망처럼 삶이 간절하다

2022. 2. 13.

입원실

밤은 깊어가도
달도 별도 없는 밤이다
그저 책임감 없이 의무감 없이
무감각한 형광등 등불만이
무심히 쏟아지는 밤
각각에 사연과 이유로
동 시간대에 한 방에 기거한다
아픈 곳은 달라도
느끼는 통증의 고통은 같겠지
앉아 있어도 누워 있어도
잠을 자고 있으나
깨어 있으나
어김없이 찾아드는 통증아
너의 목적은 무엇이더냐?

2022. 2. 13.

삶의 품격

저녁노을이 이쁜 것은
다시 못 봄의 아쉬움이다
무지개가 이쁜 것은
볼 수는 있어도
가질 수 없는 아쉬움이다
가을 단풍이 아름다운 것은
지루한 단순함 끝에
변화의 화려함 때문일 것이다
사랑한다는 것은
갖고 싶다는 강렬한 불꽃이다
불꽃은 어두울수록
더 이쁘고 마음에 남는다
사랑이 가슴에 남는 것은
진정한 사랑은
한 번밖에 없기에 갈구하고
탐욕 한다
인생은 한 번밖에 없지 않는가?
폼 나고 품격 있게
살아 봐야 하지 않겠는가?

2022. 2. 14.

나의 미래

나는 어디쯤 가고 있을까?
나의 마지막 삶의 성적표는
어디쯤 오고 있을까?
매 순간 왔다 갔다 하는
수많은 생각 속에 삶의 그림자는
숨어 있고
나의 미래의 모습은
안갯속의 그림자인가?
가다가 가다 보면
넘고 넘다 보면
만나볼 수 있겠지
언제나 궁금했던 너였으니까
오늘도 열심히 산다
왜냐면 뿌듯한 너의 모습을
보기 위해 탑을 쌓듯
공을 드리듯
정성을 다해 보는 하루
행복하다

2022. 2. 14.

수 술

태양만큼 찬란한 소원을 가진
수술실 등불은
생명의 불꽃이 되어 켜지고
빙 둘러선 의사 선생님, 간호사 선생님
한마음이 되어 기도한다
거룩한 이 생명 처음처럼 소생해
멋진 인생 꽃 피워 달라고
주사 한 방에 아득히 멀어져 가는
희미한 기억 속으로 사라져가고
여명의 새벽처럼
차츰 차츰 찾아드는 통증에
눈을 살포시 뜨니
어제의 나로 돌아와 있구나
통증은 와도 오는 통증만큼
희망도 같이 오니 살만하다
봄비 온 뒤 새싹 돋을 날만
헤아리듯 하루 하루 퇴원할 날
기다리는 환자의 소망이 간절한
긴 하루 일기네

2022. 2. 14.

그대 사랑하는 정

저녁노을이 산 위에 그리는
예쁜 그림은
내가 그대를 사랑하는 마음에
그림이라네
가을 단풍잎이 예쁜 색깔은
내가 그대를 이뻐하는 마음에 표현이라네
한여름 푸른 창공에 뭉게구름 둥실둥실
떠오르는 것은
내가 그대와 함께 꿈꾸고 싶은 미래라네
어느 날 오후 바람 없는 하늘에서
하얀 눈이 소리도 없이
소록 소록 내림은
내가 그대를 사랑하는 마음이
그대 가슴에
보고픔 그리움이 쌓이는 정이라네

2022. 2. 15.

하루 일과

하루 일을 마친 태양은
거친 숨을 몰아쉬고
마지막 산 고개를 넘을 때
붉게 물든 얼굴엔 땀방울이 송글송글
분홍빛 저녁노을이
연필로 무지개 사다리를 그려 놓으면
세상은 하던 일손 놓고
행복이 기다리는 집으로 간다
산 밑 마을로부터 하나둘 등불은 켜지고
엄마가 만든 맛있는 저녁에
아이들 웃음소리 어른들 웃음소리가
어둠을 건너 밤하늘에 올라
별빛에 닿으면
별빛은 그 사랑 이야기를
한 올 두 올 모아
밤길을 걷는 외로운 이에게
희망과 사랑을 하나씩 나누어 주고
엄마 품같이 넉넉한 달빛이
불러주는 자장가에
아이들은 행복한 봄 꿈을 꾼다

2022. 2. 15.

세상 사는 요령

아픔으로 고통받는 통증에 서러움의 깊이는 얼마나 깊을까?
사채 빚에 쪼들리는 이쁜 아가씨의 마음의 근심은 하늘만큼
클까? 교통사고로 장애 입은 사람의 좌절감은
바다만큼 넓을까? 사기꾼과 사기 당하는 사람들의 수 싸움
의
복잡한 계산은 어느 쪽이 한 수 앞설까?
이 모든 것은 인간들이 원하지 않는 정답이다
정답을 바꾸려면 문제를 바꾸는 방법밖에 없나 본데
원래 인간들의 일이고 이야기인데
인간들이 바꿀 수 없는 문제의 모순이다
더 웃기는 이야기는 모순인 줄 알면서 인정하지 않으면서
인정 당하고 살아가는 현실이 우습다
세상은 뒤죽박죽 요지경 속 원칙도 경우도 없다
할 수 없는 것 모르는 것은 신의 영역이라 하고
자기가 할 수 있는 것은 자기 능력이라고 우기는 요상한 세상
세상 돌아가는 이야기 재미없고 인정 안 하고 싶지만
찻잔 속의 반항일 뿐 아무것도 바꿀 수 없다
그저 이해 못 한 세상
오는 대로 스펀지처럼 받아드리고 사는 게
제일 편안한 자세네

2022. 2. 15.

인생은 복불복

이른 아침 대암산 마루에
올라선 부지런한 일꾼
태양은 오늘도 세상 만물들의
욕심보를 마음껏 채워보라고
황금빛 햇살 가루를
무제한으로 쏟아주고
누구나 가져가도 좋고
누구나 좋아하는 공짜라네
오늘도 새털보다
더 많은 인생의 하루
소털보다 더 많은 기회
잘 잡고 못 잡고는
나의 선택에 복불복
오늘은 무엇을 뽑아 들고
나의 하루 운세를 즐겨볼까?

2022. 2. 16.

삼국지를 읽고

그대는 토사구팽을 아는가?
더 큰 욕심을 가진 자가 감언이설로 꼬드겨
좀 더 작은 욕심을 가진 약은 자를 꼬드겨
먹은 일을 유방이 항우하고 싸움을 끝내고
사이좋게 서로 영역을 나누어 먹자고 약속하고
각자 집으로 돌아가기로 해
돌아가는 항우 뒤통수를 쳐
혼자 독식한 욕심 그릇을
채우고 또 채웠다
물욕, 권력도 세상도 다 채웠는데
그래도 유방이 못 채운 것 하나 있네
수많은 사람을 죽여
죽은 자 남은 목숨 자기 것 못 만들고
병에 고통에 시달리다가
짧고 긴 차이는 있어도
이제는 모두 다 죽어 역사 속의 인물이 되어
살아있는 개보다 못한 신세네
지금 사람들의 이야깃거리로 남아있을 뿐
보아라 욕심의 말로를
주관적인 나에서 객관적인 나로
돌아서 보면 세상 얼마나

재미있게 편안하게 살 수 있나?
화려한 꽃도 지고
초라한 꽃도 지고
모두 다 진다
더 가지려고도 하지 말고
덜 가지려고도 하지 말고
오는 만큼만 가지고
가는 만큼 버리고
애써 더 갈려고 하지 마세
더 가는 것만큼
볼 것 못 볼 것 제하고 보면
남는 것은 아픔 고통뿐이네
이 아픔이 다 할 쯤이면
사라짐의 허무함이 기다리고 있다네
이 세상 부귀영화 길흉화복 모두다
현실 속의 연극이구나

2022. 2. 17.

오늘 밤에

푸른 하늘에 드문 별들이
제각각의 모습으로 성을 쌓아
지나가는 길손 보라고
대문에 청사초롱 밝혀 놓고
홀로 밤길 외로이 걷는
달빛의 말벗이 되고
응원을 하네
나도 그녀에게 전화를 해
먼저 밥이라도 한 그릇 하자고
봄 햇살같이 따뜻한 말로 다가가서
기분 좋은 밥을 먹고 나면
피아노 위 건반에 손가락이 춤추듯
그녀 손을 마주 잡고
토닥토닥 걷는 산보 길에
발자국 소리가 들려주는
밤과 어울린 마음의 시를
듣고 싶네

2022. 2. 17.

참사랑

봄날 마른 풀잎의
작은 속삭임으로 미풍이 일고
깜박 잠든 굴뚝새 놀라 두리번거리며
짝지를 찾아 사랑가를 부르는 밤
구름 한 점 없는 푸른 창공에
유유자적 달은 구경길을 나서고
이름 없는 풀잎과 이름 없는 이슬이
만나 이루는 하룻밤 첫사랑 이야기를
달빛이 들려주네
그들의 순순한 만남은 인연이 되어
순간에서 찰나로 사라지는
짧은 만남이지만
진실과 참됨의 만남은
영원으로 이어지고
진실과 진실의 만남은 참사랑이어라
영웅호걸의 수많은 속임수 욕심보다
이해득실 없이 그 자체 그 모습을 사랑한
무명의 지순한 너가 내가 되고
내가 너가 된 단 하나의
그 사랑이 좋아라

2022. 2. 17.

봄날의 희망

동지섣달 춥고 고독한 기나긴 밤을
홀로 보낸 시절 기다림이
너무 가슴에 맺혔는지
태양은 입춘에 봄 씨를 하나 땅에 심었네
우수에 물 주고 경칩에 언 땅 녹이니
새봄이 싹을 올리고 꽃 피는 봄의 향연은
비로소 시작되는구나
오일장을 지나다 붉은 꽃 노란 꽃
화분 두 개 사서 들고
창가에 두니 봄이 속삭이는 소리
열흘은 듣겠네
햇살이 감정이 언 내 가슴에도
사랑의 씨앗 하나 뚝딱 심어주면
감성이 녹아내린 눈물로 물도 주고
평정심으로 미동도 없는 심장에 뜨거운 열기를 넣어
그대를 사랑할 수 있을 것 같은데
더 늦기 전에 오늘은 그대를 찾아가
그대 가슴에
봄 꽃씨 하나 심어 볼까?

2022. 2. 18.

꿈 이야기

혜성처럼 나타나 유성처럼
사라져 간 꿈이여
아침만 해도 신기루였는데
순식간에 사라져 버리고
어둠만 가득 찼네
이런 도깨비놀음 어디 있단 말인가?
현실과 꿈이 춤추는 낮과 밤의 놀음에
허수아비 노릇 그만할란다
이루어질 듯 말 듯한
달콤한 자극적인 꼬드김에 나는 집착해
시간과 마음을 태우던 날이 얼마던고?
눈에 보이는 화려함보다 내 마음을 노래하는
진정한 마음의 시를 쓸란다
보여주기 위한 쇼보다
진솔한 마음의 일기를 쓸란다
그것은 신기루였고
밤하늘 유성보다 짧은 행복의 순간들
고뇌의 시간은 길고 영광의 순간은 짧더라
사라짐의 아픔이 더 크더라

2022. 2. 18.

산마루에 올라

저녁노을이 하늘 가득 햇살을 채우면
황금빛 사랑의 가루
눈 내리듯 솔잎 위에 쌓이고
먼 길 떠나온 나그네 새
하룻밤 꿈을 청하네
금빛 강물 위에 은빛 피라미 떼
신난 놀이판이 벌어지고
산마루에 올라 발 아래 세상을 바라보면
내 작은 어깨
골목길같이 좁은 가슴은 사라지고
내 몸은 언제부터 기약 없이
산을 지키고 있는
듬직한 바위 돌이 된다

2022. 2. 18.

커피 카페

별빛이 남긴 그림자를 찾아
이른 아침부터 햇살은
마른 풀잎 밑에도 논두렁 밭두렁을 어슬렁거리고
따뜻한 봄기운이 오소리도 굴 밖으로 불러내듯
커피 한잔하고픈 생각이 지인을 부른다
잔잔히 흐르는 음악 소리는 햇살에 먼지 날리듯
아롱다롱 춤추며 그 사이사이로
커피의 구수한 향이 코끝에 와 닿네
아침에 처음 맞는 커피향은
책갈피 속에 남아있는 옛 여인의 편지만큼
마음 저편에서부터 향수를 뿌리며
편안하게 다가온다
커피 한잔을 다해 갈 쯤
빈 잔 속에 조금 더 할까?
어쩔까?
하는 생각이 반쯤 차오르면
눈치 빠른 사장님 한 잔 더 리필 해 준다
오늘도 단골손님만이 즐길 수 있는
커피 타임의 여유가 있는 행복한 아침이네

2022. 2. 19.

수술을 앞두고

고요한 병실 밤이라 서로 서로에 대한 예의로
천막으로 가려진 자기만의 공간이 있다
모두 다 고통으로 고문 중인 시간
서로가 서로에 대한 예의로
신음 소리를 줄이려 입을 다물고 있다
내일 퇴원할 사람
수술 위해 오늘 입원한 사람
오늘 수술한 사람
어찌 그 고통 같을 수 있을까?
그래도 느낄 수 있는 한마음은
동병상련이라고 마음은 똑같이 아플 것이야
목숨 줄이 어디 숨었을까?
등불은 태양처럼 밝게 빛나고 있건만
아우성에도 관심 없는 무표정
육신의 고통이 인간 체면이고 뭐고
자존심도 없앤다
이럴 때 자비로 잠이라도 오면 좋으련만
잠은 나는 모르쇠이네
세월이 약이라 하는데
어디 가서 빚이라도 내어
왕창 사서라도 오고 싶은데

파는 곳을 모른다네
참 시간 잘 간다는데…
어느 달나라 이야기인지
이 밤은 이다지도 길고 넓은지
가도 가도 끝없는 사막 길…
시간은 고통의 통증만큼 길고 질기고 안 가네
시간아 어딜 갔나?
너 천생연분 통증 여기 있다
얼른 얼른 너희 둘 손잡고 떠나다오

2022. 2. 19.

입원하는 날

난생 처음 낯선 곳에 왔다
어깨 수술로 병원에 입원했다
막연한 기다림으로 시간을 보낸다
검사하고 의사의 판단이 나오면
수술을 하겠지
이젠 내 몸이 내 몸이 아니다
누군가 미래에 병원에 올
후배의 실험용으로 쓰이겠지
오늘 내가 수술하겠다고 하는 수술도
내 이전에 누군가의 희생으로
내가 혜택을 보는 것처럼
모두 다 입장이 달라
머릿속은 각자의 생각으로
뭔가를 향해 달려가겠지만
몸은 망아지 모양
병실 울타리에 갇혀
어쩔 수 없네

2022. 2. 20.

산 새

새벽 안개가 집을 찾아 길 떠나는 시간
아침 해는 동녘 산마루에 얼굴을 내민다
이른 아침 햇살이 그리는 나뭇가지 수묵화는
산새들의 잠을 깨운다
맑은 공기 마시며 가쁜 숨 몰아쉬며 산비탈 오르는데
이른 봄이라 하나 숲속에서 쏟아져 나오는
바람에 향기는 코끝을 시리게 한다
높은 나무 위에서 시작한 작은 산새의
아침 알림 노랫소리는
즐거움으로 마음 한곳에 저장된다
귀를 즐겁게 할 쯤 여기서도 저기서도 날아들어
산꼭대기 올라서니 한 무리가 되었네
삼삼오오 모여들어 인원 점점 끝났는지
아침 먹으러 식당으로 갔는지
순식간에 없어졌네
산사에 절 목탁소리같이
청아한 딱따구리의 신혼집 짓는
망치 소리가 메아리 되어
온 산을 들었다 놓았다 하네

2022. 2. 20.

입원해서

평생을 살아오면서 기도했는데
일생을 살면서 큰 복도 바라지 않았네
그저 사는 날까지
건강하게 살다가
갔으면 하는 바람이었네
어찌 된 일인지
환갑을 넘어서니
여기저기서 청구서가 날아들고
오늘은 어깨 힘줄이 끊어져
수술해야 된다네
얼마나 열심히 살아서 그런가?
이 고통과 괴로움 수술로 사라져 갔으면
너무 좋겠네
시간이 모든 걸 해결한다고
하지만 그 시간 통증만큼 지독하게 안 간다
세상은 고요하다
알고도 모르는 체하는지
몰라서 모르는 체하는지
병실의 밤은 고요하다
간혹 이웃에서 코 고는 소리
잠이 안 와 몸 뒤척이는 소리만

간간이 들린다
군대는 계급순이 고참이고
감방은 싸움 순위가 고참이고
병실은 아픔 정도가 고참 순위인가?
한방에 있어도 모두가 생각은 오월동주
수술을 앞둔 사람
수술을 검사하러 가는 사람
오늘 수술할 사람
내일 수술할 사람은
걱정 반 고통 반이고
수술한 사람은
희망 반 고통 반이다
모두 다 잠은 오지 않을 것이고
어둠 속에 웅크린 범처럼
그 무언가를 갈구할 것이다
밥을 먹고 조금 시간이 지나
차 한잔 나누어 마시면
살아온 사람의
삶의 이력이 밝혀진다
어디 살며, 무슨 병으로,
직업은 뭔지

같은 배를 타고 가다 보니
단 하나의 목표가 생겨
서로 서로 응원하는 동지가 된다
위로와 격려가 수술의 고통을 이겨가게 해 준다
삶은 우리가 생각하는 것만큼
힘들지도 그렇다고 쉽지도 않다
그냥 하루하루 맞추어가는
그 상황에 따라
긴 나무 짧은 나무 골라 용도에 맞게
목수같이 되는 대로
대충 계산만 맞으면 되지
딱 맞춤은 없다
이 한방에 누운 이들도
사연은 달라도 온 곳은 달라도
몸 아픔에 벗어나 자유를 얻기 바라네

2022. 2. 20.

사랑의 눈동자

세상을 보는 눈이 두 개가 있다
내가 보는 눈과 네가 보는 눈
세상을 바라보는 눈 두 개가 있다
화가가 눈으로 그리는 그림
시인이 마음으로 그리는 그림
세상은 보는 눈이 두 개가 있다
내가 너를 바라보는 눈
네가 나를 바라보는 눈
두 눈이 한 곳을 볼 때
하나의 느낌을 가질 때
그것은 진정한 사랑의 눈이어라

2022. 2. 20.

수술을 기다리는 마음

구름 위에 하늘 있고
하늘 위에 내 바람이 있다
세상을 살다가 어쩌다 보니
수술을 위해 병실에서 대기하는 시간
남들의 시간은 수월하게
잘 가는데
나의 시간은 이다지도 모질고 긴지
지나간 시간은 아름다운 추억이고
다가올 시간은 고통의 고민이니
어찌할까?
한탄해도 원망해도
변하지 않는 진실은
내일 수술해야 한다는 사실
반항하고 저항한 들 독립이 오나
그냥 제수 좋게 운 좋게 지나가길
바라는 마음뿐이네

2022. 2. 21.

환자의 기원

바람이 분다
고요한 병실의 방에
내 마음이 흔들리는 소리다
병실의 침대는 어제 손님을 보내고
오늘 새로운 손님을 맞이한다
한곳에 모인 이들
얼굴도 성격도 제각각이다
잠시 모였다 떠나는
물거품 같은 인연이지만
모두가 한 덩어리 되어
서로 서로 힘이 되어 주는구나
한방에서 먹고 자고
식구란 개념이 생긴다
이 밤을 지새우는 모든 이들
아픔의 고통에서 벗어나는
시간이 되었으면 좋겠네
다시는 병원에서는 만나지 말자고
웃으면서 헤어지네

2022. 2. 21.

병원의 석양

병원 유리창 너머로 지는 햇살이
여섯 시를 가리킬 때
빚 받으러 온 사채업자 같이
어둠이 바짝 그 뒤를 쫓고
마지막 남은 햇살 한 자락은
나 잡아봐라 하고 산 넘어가네
전깃줄 참새같이 온갖 세상 잡담을 나누던 이
기분 좋게 떠난 자리 서운하네
빈자리 바라보고 보라 보지만
떠난 사람 없고 언제쯤
뒷 물결이 앞 물결 밀어내고 빈자리 채울까?
삶의 끝자리에 선 사람들
가만히 바라보니 외로운 빈 그림자
썰렁한 내 삶의 뒷모습이라 생각하니
가슴이 먹먹하네
불꽃처럼 마지막이 화려하면 얼마나 좋을까?
나의 마지막 모습을 상상해 보네
시늘이 가는 고목보니
순간 화려하게 살다 사라져가는
빛의 삶이 되고 싶다

2022. 2. 24.

알겠더라

병원 입원 생활해보니 알겠더라
무료하게 보내는 하루 일상이 얼마나 행복한지
병원 밥 먹어보니 알겠더라
마누라가 해주는 밥이 얼마나 맛있는지
아파보니 알겠더라
내 몸이 얼마나 소중한지
의사 선생님, 간호사 선생님 만나보니
나도 타인에게 얼마나 친절해야 하는지를 알겠더라
인생의 깊이를 재어보고 넓이를 재어보려면
병실 천장에 그림 그려보니
어떤 게 인생인지를 알겠더라
병상에 앉아 타인들이 살아온
경험담을 들어보니 삶이 요점 정리되더라
또다시 시작되는 통증의 시계는
내 몸이 살아있다는 알림이고
병원 침대에 누워보니
세상사에 제일 중요한 것이 무엇인지 알겠더라
무엇이 무엇 때문에 사는지
무얼 위해 살아야 할지
모르는 게 어렴풋이 알아지는 입원 생활이더라

2022. 2. 26.

겪어보고 나니

그대는 아는가?
사랑이 떠난 빈자리를 사랑하고 있는
사람만이 아는 자리가 사랑이 머무는 자리고
이별의 실연을 아는 사람만
사랑이 떠난 자리를 안다
넓고 추하다고 욕하지 말라
병든 자 추하다고 괄시 말아라
그대도 때가 되면 그기에 이르고 보면
그땐 왜 내가 몰랐을까?
그때는 내가 왜 그랬을까? 하고 후회한다네
언젠가는 우리가 꼭 지나가야 할 길
생로병사 그 험한 길을
먼저 지나고 있을 뿐이네
잠든 척 안 아픈 척 누워 있는 저 노인네
불쌍한 모습이 내일의 내 얼굴이라네
왜 왔던가? 무엇 때문에 왔던가?
후회해 본들 소용없고
인연 따라 부질없이 소풍 왔던 길
미련 없이 인연 끊고 생사 고통에서 벗어나
늙음과 아픔 없는 인연 가지시게나

2022. 2. 27.

지루한 병실

빛깔 좋은 봄 햇살
점심 먹으러 가자 하네
병실에서 바라보는 세상은
닭장에 갇힌 닭
닭장 밖으로 나갈 궁리하듯
이곳만 나가면 무얼 하더라도
뒤지지 않을 자신이 생기네
병실을 지키는 등불은
어제도 오늘도
그 자리에 있고
봄날 새싹이 움트듯이
내 몸은 통증의 신호는 오지만
통증 끝에 전해오는
희망이 있네
인간의 생각은 컴퓨터 같은 것
매일 매일 업데이트하지 않으면
생존의 경쟁에서 뒤지는 것
병실에서 몸도 마음도 업데이트해
더 나은 내일의 햇살이 되어야겠네

2022. 2. 25.

병원에서 보내는 마지막 밤

병원에서 보내는 마지막 밤
아쉬움 하나도 없다
내 삶의 마지막도
병원의 밤처럼
아무런 미련 없이
집착 없이 욕심 없이
기쁜 마음으로
떠날 수 있으면 좋겠다
시곗바늘이 빈 어둠을
착착 메꾸어가고
밤 낚싯대에 낚여오는
물고기처럼 아침은
시계 뒤꽁무니를
따라 올라온다
병원 나서면
내 몸도 완쾌란
완장을 찰 수 있을까?
기다려진다
통증 없는 그 날이

2022. 2. 27.

할매

봄볕 햇살이 시냇물에 녹아드는
따뜻한 봄날 오후
묵은 잔디 숲에서
봄기운이 토하는
아지랑이 숨결 거칠고
들길 따라 사푼사푼
걸음 떼는 지팡이 짚고
나물 바구니 들고 가는 노인네야
그 꼬부랑 길 그 길 따라
강 건너고 산 넘어가면
아픈 허리 고쳐 줄
명의라도 사느냐

2022. 2. 28.

병원에서

새촘한 이른 봄 날씨 아직은 춥다
병실에서 바라보는 세상은 별천지
병원 굴뚝에서 내뿜는
하얀 짙은 연기는
고민이 많은 남자가
내뿜는 담배 연기 같고
아무것도 없는 천장을 보고
육인이 누워 각자의 연필과 지우개로
자기만의 꿈과 희망을
그렸다 지웠다 반복하네
붉은 벽돌 건물
오늘도 아침 햇살은 물들어 가고
닭장 안 닭은 바깥세상
나가려고 우왕좌왕이고
어쩌다 탈출한 닭은
우리 안으로 못 들어가 난리네
열심히 일하는 바깥세상 사람들
일 힘들다고 아닌이고
병원 창 병실 안은
고통과 외로움으로 한숨이구나

2022. 2. 28.

인 연

봄 햇살이
물결에 장수를 헤아리고
강풀숲에 앉은 물고기 포수는
연신 헛방질이다
춘삼월 햇살 익어가는 논밭의 흙내음은
아지랑이 되어 농부를 유혹하네
청산에 장끼는 까투리 타령을 부르고
님 없는 외로운 짝들은
삼삼오오 짝지어 산을 오르면
행여나 길 따라
이어진 인연 길 만나지려나

2022. 3. 9.

내 마음은 청춘

석양은 산 그림자와
술래잡기를 하고
나는 시간과 술래잡기를 한다
봄바람은 부지런히
햇살을 실어 날라
봄을 깨우고
봄은 땅을 두드려
새싹을 깨운다
농부는 부지런히 땅을 일구어
봄은 각자에게 할 일을 주고
내가 하는 일은 희망과 꿈을 심네
내 몸에 청춘이 가고
늙음만 남았어도
아직도 희망과 용기가 있으니
내 마음은 청춘이어라

2022. 3. 9.

오늘

동녘 산마루에 올라선 태양은
황금 빛깔의 그물을 놓아
하루란 미끼를 잡는다
하루란 미끼를 끼운 세월은
시간이란 강물 속에
낚싯대를 담그고
인연이란 놈을 낚아
나에게 주면
난 그놈을 요리조리
가공해 사방에
거미줄 치듯 걸쳐 놓으면
어쩌다가 지나가는
만남이란 자를 잡아다가
욕심이란 올가미를 걸어
그 길 따라 이어진 길이
인생이더라
어쩌다 한 번 잡히는
월척의 날이
오늘이라 생각하고
기분 좋은 아침 출발해 보자

2022. 3. 11.

봄이 오면

바람 한 점 없는
삼월의 어느 날 오후
복사꽃을 닮은 분홍빛 매화
입을 벌리고
추억 속에 첫사랑의 소녀를
기억하느냐고 묻는다
먹먹해지는 마음은
그녀를 찾아
동서남북을 헤매고
전깃줄에 홀로 앉은 저 비둘기
한나절이 다 가도록
먼 하늘만 바라보네
올해도 냇가에선
버들강아지
봄 향기 꽃을 피워
벌 나비 유혹하네

2022. 3. 11.

봄비

푸른 창공에 학 한 마리
친구 찾아 날갯짓하며
천천히 길 나서면
학 날개 밑으로
흰 구름 모여들고
어느새 빈 하늘을 다 채운다
산 밑 개울가에 선 매화는
새색시가 분홍 치마를 입은 듯 곱구나
메마른 땅에 선
초목들에 기도 덕분인지
비는 소원 줄기만큼
가늘게 한 방울 두 방울
산 너머 마을로부터 넘어온다
이왕 오는 비 밤새도록 내려
봄 꽃에 꿈을 이루어주고
나도 내 님 품고 따뜻한 구들 방에 누워
이불 덮고 님을 안고
딴 세상 구경했으면
좋겠네

2022. 3. 11.

봄기운

어제 갔던 등산길
오늘 또 간다
분홍 빛깔의 진달래는
사랑의 편지를 써
그 편지 내 하산 길에
쥐여주네
드디어 봄의 연극은 시작되고
나의 작품은 언제 어디서부터
연출해야 할까?
겨울 지난 들판에는
양파 마늘의 푸른 기운이
들녘을 꽉 채우고
농부를 부른다
쑥 향기가 아낙의
나물 바구니를 유혹하면
봄의 생동감은
파도 같이 밀려와
노인네가 괭이 메고
들길을 나서게 재촉한다

2022. 3. 12.

시계 속의 시간

별은 구름 속으로 지고야 말 청춘의 불꽃
몽상은 현실 속으로 녹고 마는 꿈
짝사랑은 이루지 못할 현실
계절이 바뀌지 않아도 생각은 무수히 피고 지는 꽃
밤을 지새는 등불, 잠 못 이루는 불면인
누가 누가 오래 버티나 기다림은 고통의 인내심
시계는 어제 왔던 길을 오늘도 똑같은 길을 돌아온다
무슨 미련이 그리도 많았나?
수만 번을 돌아봐도 지릴지도 않는지
시계는 오늘도 그 길을 돈다
인간의 질리지 않는 시간은
첫사랑의 순수한 시절이겠지
사람도 질리지 않는 기억들이 있다
매일 매일 반복해도
하고 싶은 것 느끼고 싶은 것
좋아하는 것들의 노래가 있다
화가는 화폭에 마음을 그리고
시인은 머리에 생각을 글로 쓴다
농부는 작물을 심어 결실을 보고
시계는 공평하게 세월을 나누어 준다

2022. 3. 12.

봄 비

봄비가 촛농 흘러내리듯
가늘게 내리면
마른 풀잎에 맺힌 눈물방울은
누구의 눈물방울이냐
꽃봉오리에 찰싹 붙어있는
빗방울은 어느 님의 입맞춤인가
봄비 속에 숲 속에서
들려오는 님 찾는 사랑가는
얼마나 기다렸다가
흘러나오는 마음의 노래인가
봄비 사이로 등산길 오르면
젖은 낙엽에서 풍기는 찐한 향기는
어느 님이 뿌리고 간 사랑의 로맨스인가
짝을 만난 산새 이야기가
등산길보다 더 길어질 때
산속 여기저기서 님 찾는 새소리가
내 가슴 가득 메우네

2022. 3. 13.

장독대

장독대 옆 목련 나무
한밤을 자고 나니
눈꽃이 피어난 듯
하얀 나비가 앉은 듯
봄 햇살이 꽃봉오리를
타고 노는구나
참새 두 마리 꽃잎 속에 숨어들어
입맞춤으로 사랑을 약속하네
장독대 장 단지에서
장 내음 아지랑이 되어
솔솔 피어올라 식욕을 자극하면
어릴 적 엄마가 차려주는
상추 쌈에 된장 발라
입이 터지도록 먹던
그리움이 향기 되어
눈시울이 붉어진다

2022. 3. 15.

마 음

붓끝에 맺힌 먹물 한 방울
무엇을 쓸까?
가슴속에 싹 트는 사랑은
누굴 향한 그리움인가? 벌 나비가 꽃을 찾듯
잠 못 이루고 왔다 갔다 하는 생각은
무엇을 찾는 탐구 과정인가?
하늘을 향해 피는 꽃봉오리는
어느 소녀의 간절한 기도인가
작은 새싹에 맺힌 이슬방울은 어느 님의
힘든 노력의 땀방울인가?
목련 꽃잎에 개미 한 마리 꽃잎에 올라타
하늘로 가자고 노를 저을 때
달빛은 총총히 서산마루를 오르고
별빛의 작은 꿈도 함께 넘는다

2022. 3. 17.

밤비

봄비가 온다
낮 동안 하늘 가득 구름을 모아두더니
기어이 밤비 되어 내리네
무슨 가슴에 맺힌 이야기가 많은지
밤새도록 땅을 토닥토닥 두드리며 시비를 건다
어느 님의 이별 끝에 버린 눈물의 흔적이
이다지도 찐한지 땅 여기저기에
흠뻑 고였구나
꽤나 마음의 상처가 큰가 보다
추수 끝난 겨울 빈 논에
이별의 선물인 눈물탕이
만들어 지고
헤어져 생긴 눈물탕에서
개구리 인연을 부르는
사랑가 타령이 벌어지고
또 다른 이별곡을 준비하는구나
밤비의 토닥거리는 소리에 잠 못 이루었는데
개구리의 사랑 앓음 소리에 또 잠 못 이루는
봄날의 화려한 잔칫상 속에
빈 강정의 하루네

2022. 3. 18.

봄날은 간다

봄이 간다
세월 따라
보름 밝은 달이
목련 꽃잎을 타고
푸른 창공을 세월아 내월아
노래 부르며 밤 새워 가면
어디로 가나
아침 이슬은 어느 님의 눈물이고
구름 낀 하늘은
누구의 마음인가
간다 간다
청춘이 가니 사랑도 가더라
온다 온다 눈앞에 추억이 온다
미래의 꿈 대신 추억이 오는 걸 보니
이젠 석양 길에 노객이 되어
내 갈 길을 물어본다

2022. 3. 19.

명당

산새들 사랑 찾아
다니던 숲 속 오솔길
계절 따라 주인들이 바뀌고
풍경 좋은 뫼터에
잔디 고은 묘등이 있고
세월이 묻어 난
촛대 등이 잠시 쉬어가라 하네
묘비에 적힌 글을 보니
조선 초기 사람이네
아직도 묘지가 잘 정리된 걸 보니
후손들도 잘되었나 보다
이래서 명당이란 게
있나 보다

2022. 3. 20.

관 솔

봄비가 촉촉이 내린
산길 오솔길
작은 산새 노랫소리로
길이 열린다
새색시 치마 같이
분홍빛 이쁜 진달래가 피면
추억 속에 설익은 사랑 노래가
진달래 꽃잎에서
해마다 되살아나네
사시사철 푸른 솔은
세월에 베어지고
그루터기는 시간 따라
속살이 벗겨져 나가고
소나무의 푸른 기상이 관솔 되어
천년 세월을 약속하네

2022. 3. 21.

님의 무덤 앞에서

그리운 님 잠든 고향 마을 뒷산

남풍 따라 삼월이면 새봄이 푸른 솔밭길을 걸어

마른 낙엽을 밟고 산등성이 올라서면

작은 오솔길에 분홍 빛깔 고운 진달래가

인생에 노객이 가는 길을 안내하네

하얀 모래밭에 피라미 놀이터

시냇물이 그리는 풍경화는 빈 마음을 꽉 채우고

금빛으로 겨울을 지낸 내 님의 무덤 앞에

이팔청춘 그리움으로 내가 왔네 노인네 염색한 머릿결같이

푸릇푸릇한 잔디가 젊음으로 물드네

따스한 봄 햇살이 흙을 일깨우는

아지랑이 몽실몽실 피어오르면

어디선가 날아온 노랑나비 한 마리

내 손등에 앉아 가만히 날개를 파닥이면

불현듯 떠나간 내 님 생각에 눈물이 글썽글썽거리고

내가 살고 있는 이 세상이 무지개 빛깔로 아롱져 갈 때

노랑나비가 나풀거리며 어디론가 떠나갈 때

내 마음도 무덤 속에 누운 내 님 손잡고

푸른 창공을 향해 한없이 끝없이 세상 끝까지

보이지 않을 때까지 사라져가네

2022. 3. 25.

떠난 님 그리워

오일장이다 봄날에 장날이 서니
이쁜 꽃나무가 천지 삐깔이다 그대가 좋아하면
무슨 일을 한들 피곤할까?
무엇을 산들 아까울까?
왜 진작 이 마음 안 생겼을까?
그래서 해마다 아쉬움만 차곡차곡 쌓여간다
이제사 철든 내 마음 그대가 내 인생의 기적이었어
기적은 인간이 신을 이겨 먹는 이야기
그땐 그것을 몰랐네
인생에 황혼의 노객이 되니 나이가 가르쳐 주더라
나의 마음이 감동해서 이쁘다 소리가 절로 난다
내일모레가 청명한식이라 생각이 난다
한 세상을 동고동락하다
어쩌다 먼저 떠난 내 님이 그리워 그대 무덤 찾아와
그대가 좋아하는 꽃나무를 심어야겠다
하늘이 열려 꽃비가 내리면
땅은 그대의 행주치마가 되어 곱게 받아드리겠지
나 꽃을 신고 있지만 내 꺼풀으로 몰주고
그대 그리움으로 그대 속으로 숨어든다

2022. 3. 25.

인생길 모른다

목련 꽃이 활짝 피었네
물 위에 백조가
아침 햇살에 일렁이듯 흰 눈이 내린 듯
하얀 꽃잎이 떨어져 있네
간밤 꿈속에서 만난
좋은 사람 뒷모습처럼
세월이 가는 건지 오는 건지 몰라도
내 생각이 머무는지 떠나는지 몰라도
사물은 자고 나면 다른 모습으로 보여 준다
인생길 하루 하루
그냥 그대로
살다 보니 아차 싶어 되돌아보니
어느덧 익숙한 듯
낯선 길, 어디로 가는지
머무는지 몰라도
늘 새로운 길을
여행하고 있다
나는 모른다
그 목적지가 어디쯤이 끝인지
언제쯤이 끝인지

2022. 3. 25.

꽃상여

햇살 따뜻한 봄날
목련나무에서 목련 꽃잎이
허공을 춤추듯 그림을 그리듯
수평선 너머 배 가물 가물
멀어져 가듯
내 눈앞에서 지금 현실에서
수증기 증발하듯 사라져 간 너
그땐 난 절망으로 기절하고
하늘이 노래져 허둥지둥
제정신이 아니었네
너가 이승을 떠나 저승길을
나서던 그날부터 사흘간 봄비가 내렸다네
그 빗물이 내 눈물인지 너 눈물인지
너를 알던 사람들의 눈물인지 몰라도
처마 끝에 떨어지는
낙숫물 소리는 나비가 피아노
건반을 누르듯
토닥거리는 그 소리는
참으로 부드러웠다네
내가 꽃 상여를 타고
정든 동구 밖을 떠날 때

온 동네 사람들이 나와
글썽이는 눈물로
그리움의 붓을 먹먹한 마음에
진심으로 보고픔으로
편지를 써 부쳤는데
그대는 그 편지 받았는지 몰라도
모두 다 그렇게 자기 상여를 따라나서
동구 밖까지 배웅했던 일을 아는가
저승 가는 너 길 밝히려
나이 많은 상두꾼
앞선 만장과 깃발에
흰옷 입은 상두꾼에
그대 초상화를 담은 작은 꽃 가마를
어린아이들이 앞뒤로 메고
종구쟁이 구성진 북소리에
상두꾼의 노랫가락이
눈물이 가려 앞이 안 보이더라
그대 후손은 뒤를 따르며
그대가 그대 몸과 마음이
한평생을 같이했던 곳에
그대 집이 만들어 지고

정든 뒷산 언덕마루를 향해 갈 때
그대가 탄 꽃 상여는
하얀 개미가 연꽃을 물고 가는
봄날의 이쁘고도 슬픈 풍경화였네
세월이 흘러 흘러 세상도 변하고
인심도 변하고 그대와 지금은
이승과 저승이 바뀐 듯이 변했다네
그래도 해마다 오는 청명 한식이면
이쁜 꽃 화분 하나 사 들고
맑은 술 한잔 챙겨 들고
그대 무덤가에서 그대에게
권주가를 부르네
그대 찾아온 구순의 노객이
봄 아지랑이 솔솔 피어나는
무덤 옆에 누워 그대와 하나 되는
그 날 생각이 훌훌 나를 부를 때
난 그대 옆에서
행복한 봄날의 꿈을 꾸네

2022. 3. 26.

저녁밥

간밤에 봄비가 흠뻑 내렸다
마른 골짜기에도 낙엽 사이에도
소곤거리는 냇물의 이야기가 들리고
이 골짝 저 골짝
모여든 작은 냇물이 된 밤비는
꽃비 되어 뒷산 진달래가
활짝 피었네
참나무 길 대나무 길
솔 나무 길 지나 등산을 한다
해 저문 길이라 구름을 올라탄
석양에 태양의 빛깔이 곱다
산들 산들 부는 산바람은
내 가슴을 들었다 놓았다 난리 났네
산 굽이굽이 돌아서 나오는 냇가를 따라
드문드문 차가 다닌다
산 밑에 옹기종기 모여 앉은 집들
저녁때라고 마을 굴뚝에 연기가
솔솔 나는 걸 보니
님을 기다리는 저녁밥이
익어가는 가 보다

2022. 3. 26.

인 연

하늘엔 구름이 모여들고 해 질 녘 산 너머로부터
어둠이 묻어 온다 시계 종은 밤을 알린다
그 의미를 알기나 한 듯 밤비가 우두둑 쏟아지네
이런 날이면 우산을 쓰고 거리를 걷고 싶다
빗방울에 꽃잎이 젖어 눈물로 보이지만
그것은 삶의 아름다운 몸짓이다
이 봄비 그치고 나면
엄마 배 속에서 아이가 세상에 태어나
행복하게 살아갈 꿈을 꾸듯이
시간이 가면 꽃이 피고 진 아문 자리에도
이쁜 열매가 맺힐 거야 이렇게 무작정 걷다
불빛이 이쁜 커피 집에 들어가
내 마음만큼 찐 한 고독이 담긴
아메리카노 커피 한 모금을 마시면
목줄 따라 쓴맛의 매력이
감각으로 느껴지네
커피 잔에 서리는 작은 김은
오늘의 인연 줄처럼 가늘기만 하고
무엇이 있는지 알 수 없는
오늘의 인연 줄을 잡아본다

2022. 3. 26.

봄날의 오후

따뜻한 봄 햇살에
신이 난 봄바람
이리저리 자기 마음대로 춤추고
겨우내 꼼짝도 안 하고
얌전히 자리를 지키던
봄꽃들도 마음이 급해
잎도 나기 전에
이쁘게 화장을 하고
꽃잎으로 말한다
이쁜 꽃들이 내 마음을 유혹해
노랑 꽃 분홍 꽃 붉은 꽃
누가 누가 이쁜지를 경연을 하면
난 한 마리 나비 되어 한 마리 벌이 되어
이 꽃잎에도 숨어보고
저 꽃잎에도 숨어 들려오는 새 노랫소리는
자장가 되어 햇빛에 꾸벅꾸벅 졸고 있는
따뜻한 봄날의 어느 날 오후이구나

2022. 3. 26.

바른길

꽃잎이 아무리 이쁘다 한들 사랑 꽃만큼 이쁘리요
미움이 아무리 강하다고 한들 질투보다 작으리라
사람 생각 밤낮보다 쉽게 바뀐다고 하나
세월도 못 넘고 갈
태산보다 더 큰 믿음이 있으니
사람 마음 가볍게 보지 마오
이러면 어때 저러면 어때
자기 편하게 생각하지만
그대가 쉽게 생각하는 사람이
그대를 위한 배려심으로 베푼
인내의 미덕이란 걸 그대는 왜 모르시오
바른길이 인생살이 정도란 걸 그대는 왜 모르오
굽은 길 오르막 내리막 눈치 보는 길이
재미있는 길이라 여겨지지만
그기엔 아차 하면 떨어지는
절벽이 있음을 모르시오
모험도 좋고 스릴도 좋고 낭만도 좋지만
내가 있는 패러슈마악과 같은 깃이리고요
한걸음 하루 뒤에 가더라도
바른길로 갑시다

2022. 3. 27.

하소연

진달래 꽃잎은 누굴 사랑해
이쁜 분홍 빛깔이 고울까?
하얀 목련꽃이 하얀 까닭은
실연당한 님이 그 마음 글씨로 쓰라고
빈 백지일까?
청춘의 반달이 누굴 사모해
밤새도록 이슬방울로
빼곡히 채워보지만
내가 짝사랑했던
그 님 읽기도 전에
아침 햇살에 빛바래어
허공으로 훌훌 흩어져 가면
누가 속 타는 내 마음 알아줄까?
청춘의 밤이 가고
아침 햇살이 수없이 쏟아부어도
없는 인연인지 참 사랑은
찾을 수가 없구나

2022. 3. 27.

봄날의 청춘

춘삼월 분홍치마
진달래꽃 한없이 흐드러지게 피어
한 시절 잘 보내고 나면
봄이 무럭무럭 익는 사월이 되면
푸른 보리싹이 어른이 되어간다
가마솥 콩 튀듯
옥수수 팝콘으로 튀듯
벚꽃이 친구 하자고 조를 때
벚꽃 잎들은 벌떼들이 노래하는 듯
지나가는 바람결에 웅성거린다
벌, 나비 꽃을 찾아 이리저리
청춘을 즐기며
꽃잎에서 사랑을 나눌 때
담장 밑 보랏빛 라일락꽃이
벌 나비의 속삭임을
사랑에 연서를 향기로 써
강남 간 제비에게
봄이 왔다고 연서를 보내네

2022. 3. 28.

꽃 씨

동산을 올라선 개구쟁이 햇살은
오늘도 구름과 술래잡기로 하루를 시작한다
사랑꾼 봄빛 햇살의 달달한 꼬드김에 넘어가
겨울 살림꾼이 꾹꾹 잠가 놓은
보물창고 꽃봉오리를 열어주니
여기서도 저기서도 훌훌 털리고
발아래 낙엽처럼 된 꽃잎이
철 지난 신문처럼 봄바람에 허수아비 춤추듯
의미 없는 날갯짓에
세상 사람들은 관심 없네
난봉꾼 봄빛의 수작에
한 올 한 올 곱디고운 꽃잎이
다 벗겨져 나아가도 몰랐네
사랑의 단물이 빠져나감을…
사랑이 놀다 간 이별의 아픈 자리에
내 사랑과 맞바꾸어 먹은
눈물의 씨앗이 돋아 있으니
너를 보며 너를 위해
또 한 세월 보내야겠구나

2022. 3. 29.

상춘객

산마루 올라선 봄 햇살은
세월을 타고 하루 여행을 시작한다
꽃잎을 홀리고 벌, 나비를 희롱하며
재미있는 하루를 즐기고
심심했는지 뻥튀기 놀이를 시작하면
뻥튀기 기계에 뻥튀기일 듯
벚꽃 망울이 배시시 웃는다
참새 날갯짓에 꽃망울이 딸랑딸랑
방울을 울리면 춘심을 못 이겨
춘향이 시집가듯 얼렁뚱땅 꿀단지에 빠져
보고픔 그리움에 취해
사랑의 단물이 마구마구 쏟아져
내 마음은 흰 뭉게구름을 만들어
사는 것인지 죽는 것인지도 모르고
둥실둥실 꽃 구름 따라
어디로 가는지 어느 곳으로 가는지도 모르고
노랑나비 흰나비 등을 타고
어허둥둥 좋아라
덩실덩실 춤추는 나도
봄날을 즐기는 상춘객이었나?

2022. 3. 29.

봄날의 데이트

간밤에 젊은 태양 아저씨
술이라도 넉넉하게 한잔했는지
비실비실 기운이 통 없네
아마도 어젯밤 데이트에서 바람맞았나 보다
그때 그 기분 나는 아는데 참 기운 없더라
우리 집 참새총각 오늘 아침에 유난히 기분이 좋아 보인다
몇 번이나 꽃단장에 하도 거울을 많이 봐
그 눈총에 거울 깨질까 봐 겁나라
환희에 찬 이쁜 목청을 보면
오늘 킹카라도 만나나 보다
한 잎 두 잎 꽃잎 떨어진 자리에
새싹이 돋고 오늘도 어느 봄날의
아침처럼 모두 다 삶의 잔치에 저마다 난리 블루스네
나도 오늘은 어디에서 무슨 놀이판에 끼어들어
세상 만찬에 한판을 즐겨야 할 낀데 묘수가 없네
사랑하는 그대여 오늘 삶의 잔치가
거룩한 곳을 알고 있으면 나에게 살짝 알려 주렴
내가 가서 열심히 해서 오늘의 킹카가 되게
좋은 생각 있으면 배워 볼게
봄날의 신나는 낭만을 즐기는 가인이 되게

2022. 3. 30.

꽃다발

하이힐을 신고
체크 무늬 치마를 입고
분홍빛 셔츠가 이쁜 옷을 입고
한 여인이 얼굴엔 연신 미소를
휘날리며 길을 지나가고 있다
손엔 빨간 장미꽃 노랑 꽃 푸른 꽃이
잘 어울린 꽃다발을 안고 간다
누구에게 받은 것인지
사랑하는 누굴 줄런지 몰라도
행복해 가는 얼굴
참 보기 좋아라
세상살이 하늘로 날고
그 여인이 살아가면서 오늘만큼
기분 좋게 살 수 있다면
모두 다 행복한 세상이 될 낀데
수많은 인연들이 오고 가는 거리
모두 다 원하는 것
하고 싶은 일 하면서
살아가면 좋겠네

2022. 3. 30.

행복해라

아침 햇살에 만개한 벚꽃
이슬이 무거워
꽃잎은 한 잎 두 잎 꽃비 되어 내리면
땅속의 부지런한 일꾼 개미는
살림살이 장만에 바쁘기 그지 없고
나도 뒤질세라
삶의 잔치판에 뭐 먹을 것 있나 하고
나의 영토로 순찰을 간다
오늘 하루 행복이 벚꽃만큼
그대 가슴에 활짝 폈으면
좋겠네
행복해라

2022. 4. 1.

혼자 가는 인생길

지난해 동안거 겨울수행은
너무나 지루했다네
춘삼월 어느 봄날 참새들의
작은 날갯짓 장난이
모두의 열의와
가슴 속 꽉 찬 활화산의 폭발이
강풍이 되어 광야를 휩쓸 때
나도 장군의 칼이 되어
내 몸에 에너지가 동이 날 때까지
말을 탄 돈키호테가 되어
산을 넘고 강을 건너
힘이 빠져 멈추고 서 보니
사방 천지가 가야 할
먼 불빛만 보일 뿐
누구 하나 손잡을 이 없는
삶의 초행길
어디쯤 왔을까?
어디로 갈까?
길 위에서 망설이고 있네
어느덧 같이 가자고
꼬드긴 그 바람

어디로 가고 흔적도 없네
떠나올 때나 떠나온 지금 이 자리나
여전히 나 혼자
함께인 듯싶으나 돌아보면
아무것도 보이지 않고
인생은 무엇이냐?
있는 듯 없는 듯 알 듯 모를 듯
몇 해를 살아봐도
아리쏭한 안개 속 오늘도 시간의 리듬에
홀로 부르는 세월 타령
아리랑인가 보다

2022. 3. 31.

내 사랑

봄비가 온다
흐드러지게 핀 꽃비도 함께 내린다
모든 걸 다 내려놓고
마지막 남은 미움마저
빗물로 씻어 내려는
몸부림이 애절하다
잊은 줄 알았는데
마음속에서 지워진 줄 알았는데
새봄에 새싹이 돋듯
올해도 그 미련 남아
그대를 기다리는 걸 보니
바보인가 보다
잊는다 하면서도 잊었다고 하면서도
속절없이 지는 꽃잎을 보면
내 마음이 아파
눈물이 발등을 때려도
아픈 줄 모르는 걸 보니
마음에 새겨진 그 상처가
아직도 덜 아물었나 보다
떠나는 꽃잎은 미련 없이 가는데
보내는 꽃나무는 해마다 보내는

이별인데도 늘 처음처럼
서툴기만 한 내 사랑
불쌍해서 어쩔까?
인연은 여기서 끝이라고 말하며 돌아서는데
질긴 미련은 포기가 없네
봄이면 봄꽃이 피듯
내 마음에 사랑 꽃도 봄꽃과 함께
매년 피었다 지는 꽃인지도 몰라

2022. 4. 1.

봄날의 유희

벚꽃은 강물을 벗 삼아 쌍으로 사랑을 이루고
끝없는 꽃 철길은 청춘의 한 때를 아름다움으로 수놓고
삼삼오오 연인들은 사랑을 싣고 터널속으로
그들만의 세상으로 숨어든다 올해는 벌 나비가 없네
벌 나비 안 오는 꽃은 오지 않은 님을 기다리는 여인과 같이
애간장이 다 녹아난 지친 여인의 뒷모습같이 쓸쓸하고
하루 햇살 길이 만큼 봄은 멀어져간다
멀어져 간 만큼 마음도 멀어진다
태양은 고운 아침이슬을 징검다리 삼아
들판을 가로질러 와 이른 아침부터 봄꽃에 등을 타고
강변 뱃놀이 가자 하네
한나절 잘 놀고 난 햇살은 나른하게 졸고 꽃잎은 봄나비가 되어
사랑 찾아 님 찾아 살랑살랑 부는 봄바람을 타고
그대를 찾아 남도 천 리 여행길 나서고
청춘이 물오른 수양버들가지는 꽃향기를 타고
사랑 못 이룬 청춘의 아픈 가슴을
하얀 먼지가 앞이 안 보일 때까지 휘저어 다니고
할아비지 수지는 수에 수 맞갑고
아지랑이 어깨동무하고 들길을 따라 나비 잡으러 꿈길을 떠나고
나는 잘 익은 곡차 한잔의 노랫가락에 빠져든다

2022. 4. 6.

강둑 길

물 깊은 강에 봄비가 토닥토닥 내리면
무슨 바쁜 일이라도 있었는지
물오리 한 마리 늦은 아침 챙기느라 연신 자맥질이네
오늘은 물고기가 재수 좋은 꿈을 꾸었는지
오리가 먹을 복이 없는지 헛방질 연속이네
강 언덕에 홀로 선 수양버들
봄기운 제대로 충전했는지
새순이 파릇파릇 기운 넘치고
강에 드리운 낚싯대 고기야 물든 말든
봄바람에 리듬을 타고 있네
세상살이에 고심 많은 나는 이 생각 저 생각에
걸어도 걸어도 강둑길의 끝은
내 생각만큼 멀고도 아득한 길이네

2022. 4. 7.

봄 향기에 취해

봄의 물결에 세상이 잠겨 취해있을 때
봄이 머물다 어디로 가는지 알고파
산을 오른다
등산길 따라 솔솔 부는 솔바람이
무아지경으로 이끌고
산마루 올라서니
나비 한 마리 사 푼 사 푼 길동무하자네
천지가 봄 내음으로 진동하는 능선을 따라가니
토종 라일락 꽃향기가
허튼 생각 다 밀어내고
곳간에 곡식 챙기듯
허전한 빈 가슴 빼곡히 채운다
아하 정말 향기 좋구나
너릭 바위에 누워
두 눈 감으니 귀가 열리고
속닥거리는 새 노랫소리도 들린다
오감이 행복해 물오른 나무에
몸 기대니 라일락 꽃향기에 취해
나도 꿈길 속으로 사라져간다.

2022. 4. 10.

인생이야기 궁금타

언제부터인가 무엇 때문인지 몰라도 따뜻한 햇살이 꼬드긴다
봄바람의 속닥거리는 비밀이야기에 본능이 홀딱 반해
무지개 꿈이 팥죽을 끓이다 착 가라앉은 마음이 들뜬다
겨우내 힘든 동안거로 몸과 마음에 평온이 꽉 차 있어
행복했는데 신천지가 왔다는 신기루에 속아
봄 꽃잎의 화려한 사치에 곳간은 금방 비어가고
꽃잎이 근기가 떨어져 시들어 갈 때
멈추었던 윤회의 삶의 바퀴는 돌기 시작하고
생존을 위한 나뭇잎은 꿈을 깨고 일어나 부지런히
햇빛도 모으고 땅속에서 물도 퍼와
한 뜸 한 평 영토를 넓히며 삶의 고통과 재미를
차곡차곡 쌓아간다 욕심이 세상살이에 후달릴 때
앞만 보고 내달리던 걸음을 멈추고
살아온 길 살아갈 길을 저울질하다 보면
슬그머니 욕심이 내 손을 잡았다 놓았다 하면
나도 아차 싶어 욕심을 조금씩 조금씩 놓아간다
욕망의 끝자락은 어디쯤 무얼하며 기다리고 있을까?
삶은 언제쯤 무엇이 되어 내 앞에 서 있을까?
이 봄날은 나를 싣고 어디로 달아나는가?
삶이 궁금해 인생이야기가 궁금타

2022. 4. 12.

봄바람

꽃잎 품에서 자고 난 봄바람이
간밤에 내린 꿈결같이 고운 이슬을
툭툭 털고 일어나
오후 햇살이 나른하게 졸고 있는 호수에서
은빛 고기 비늘을 번쩍이며
금빛 비늘을 물장구치며 뱃놀이를 즐길 때
한창 물오른 풀잎은 긴 꼬리를 흔들고
기운찬 수양버들가지는 봄 낚시를 즐긴다
오다가다 만난 인연이
발길을 잡으면 내 자리인 양
인생을 미끼로 낚싯줄을 길게 놓아본다
행여나 인연이라도 낚일지?

2022. 4. 12.

각자도생

구름 낀 새벽하늘 별빛처럼
잠깐 보였다가 사라지는
사랑의 불꽃이었기에
그리움은 더하고
본능적인 몸짓으로 봄비 묻어 난 자리에
햇살은 물방울에 뒹굴어
이슬이 되어 반짝이고
비둘기 한 마리 꽃잎 진 나뭇가지
이리저리 돌며 풍수지리를 보더니
마음이 정해졌는지 오후부터 부지런히
나뭇가지와 풀잎을 물어다
집을 짓는 걸 보니 감 잡았나 보다
봄은 이렇게 제 갈 길 바쁘게 움직이는데
개울가에 외다리 왜가리와
책상 앞에 앉은 벽면 선생이나
세상살이 문제 풀이에 고심 중이고
문뜩 고개 들어 보니
푸른 창공에 학 한 마리
이도 저도 싫다며 실 구름 걷어 타고
어디론가 날아가더라

2022. 4. 14.

밤비

봄날 어느 날 밤
어둠 속에서 창을 똑똑 두드린다
혼자 지새우는 밤이 너무 외로웠나 보다
밤비는 창밖에서 이야기하고
나는 창 안에서 이야기한다
밤비의 고민은 무엇일까?
내 고민은 복잡한 셈 법인
이래 볼까? 저래 볼까?
망설임인데…
밤이 새도록 생각에 생각을 거듭해도
생각이 머무는 곳은 늘 상 그 자리
나는 하나도 결론이 없는데
밤비는 계속해서 내리는 걸 보니
어느 방향인지 몰라도
한 방향으로 풀려 가는가 보다
밤새도록 토닥토닥 내리는 걸 보니
밤비에 창밖에 어둠은 씻겨져
미안 속실이 다 보이고
창 안 긴 내 한숨에
어둠은 연기처럼 날아간다

2022. 4. 14.

인 연

봄볕이 놀다 간 자리
빗물이 새어 들면
나무는 꽃잎으로 말하고
꽃잎의 사랑 나눔은 세상살이 힘으로 남고
그 힘으로 한 해의 나이테 그림을 그린다
가다 오다 우연한 만남은 없고
인연의 매듭으로 사랑은 시작된다
나도 이 따사한 봄빛에
내 사랑에 인연을 꿈꾸어 본다

2022. 4. 15.

사랑 이야기

지나가는 바람이 나뭇가지를 뚝 건들면
이별에 눈물 젖은 꽃잎은
천천히 마지막 자유 비행을 하며
그가 꿈꾸던 그 꿈을 나뭇가지에 매달아 놓는다
그 꿈을 주어다 나뭇잎은
정성을 다해 꿈을 현실로 만들고
너의 달콤한 속삭임은
나를 향한 너의 작은 꼬드김이었어
너의 예쁜 미소도 진심 없는 가짜의 패 속임수
그것도 모르고 벌, 나비 춤출 때 나도 춤을 추고
그들이 일할 때 나도 그대를 위해 일했는데
그대를 향한 나의 착각이란 걸
지는 노을의 아름다움을 보고 알았소
참으로 세상사
뭐가 진실이고
뭐가 정의인지
아리송한 시간 고갯길이었소

2022. 4. 15.

달이 뜬 봄날

하얀 배꽃은 면사포를 쓴 듯
고운 봄날의 밤
청춘의 아픈 이별에 눈물은
별빛으로 쏟아지고
황혼의 아픈 이별은
달빛으로 차오를 때

나 하나 그림자 하나
벗이 되어 목적지 없는
들길을 바람처럼
흔적 없이 걸어가면
살아온 지난날의 인생이
거미줄 실 뽑듯
끝없이 이어지고
생각의 깊은 장고는
아침 해가 등불을 켤 때까지
외로움으로 이어지고
그 서러움에 눈물은
아침 이슬이 되어
햇살에 반짝인다

2022. 4. 16.

봄날의 달빛

시루떡 쌓듯
밤 한층 낮 한층 쌓아 하루를 이루고
한 달 쌓고 두 달 세 달을 쌓으니 한 계절을 이루고
춘 하 추 동 사계절을 쌓으니 일 년이 되더라
세월이 모이고 차오르더니
인생 이야기가 되더라
구름 사이로 뜬 빈 달에 어둠이 짙어지니
달빛이 차오르고 보름달이 되니 분홍빛 고운 복사꽃
봄날에 아쉬움은 달 그림자 속으로 물들어 가고
온종일 빈집만 지키던 마당 개
시간이 지겨운지 잠이 오는지
홀로 꾸벅꾸벅 졸고 있고
새끼가 보고픈지 님이 그리운지
달빛 고요한 이 밤에
소 울음소리 메아리 져가면
가슴 시린 시인의 옛 노랫가락은
구름을 타고 하늘을 떠돌다
반잠 못 이루고 가슴앓이하는
사람들의 마음에 고운 사랑비 되어
이쁜 마음으로 곱게 곱게 스며들더라

2022. 4. 15.

세상살이 복불복

동쪽 하늘로부터 밝음은 대지를 꽉 채우며
행복을 나누어 주기 위해 물밀듯 밀려오고
먼저 본 사람이 임자라고 사물들을 불러 모으네
부지런한 사람들 새벽부터 복 타겠다고
새벽일 나서고 이제사 창문을 열고
젓가락으로 내가 찾는 물건 있나 하고 요리조리 찾아본다
전깃줄 위 저 비둘기는 미리 배급을 받았는지
오늘 입맛에 맞는 찬거리가 없는지
세상일 관심 없고 몸단장에 열심인 걸 보니
좋은 약속이라도 있나 보다
처마 밑 개미는 무엇인지 모르지만
짝지어 이고 지고 집으로 가는데
살림살이에 도움이 될지 모르겠네
이제사 하루 일 준비하고 남들보다
늦게 나서는 나는 주문처럼 외워본다
세상살이 복불복이다 하고
자신 있는 주말을 맞이해 본다
그대도 마음에 여유를 가지고
기분 좋은 주말을 즐겨 보시게나
행운은 언제 어디서 올지 아무도 몰라

2022. 4. 16.

삶의 욕망

봄 햇살이 행복으로 충만하고
봄 꽃은 마음껏 웃어 재끼는
기분 좋은 봄날
아지랑이 사잇길로
벌 나비는 손잡고 소풍 가는데
몸 아픈 나는 하나도 누릴 것이 없네
지겨운 시간 무의미한 세월에 뼈를 모아
생각이란 솥에 넣어 푹 고아 보면
찌꺼기는 무엇이 남고
진 국은 무엇이냐?
욕망에 목말라 허덕이다
틀린 셈 법에 허덕이다
아무것도 잡힌 것 없는
빈손의 허망한 어리석음에
춤추는 나는 허수아비

2022. 4. 16.

월요일의 기원

청춘이 물오른 수양버들가지는
봄 놀이가 한창이고
꾀꼬리 한 마리 온갖 재주를 다 보이며
잘난 체하는 걸 보니
아마도 그 옆에 암놈이 얼쩡거리나 보다
오늘도 수컷의 꼬드김으로 봄날은 간다
시간 따라 햇살은 익어가고
신록은 푸름을 더하겠지
자연의 생동하는 기운을 받아
월요일부터 일요일까지
쭉 건강하고 행복한 한 주가 되자

2022. 4. 18.

수양버들

수양버들 씨앗은 봄 숙제를 끝내고
노랑나비 흰나비 손잡고
둥실둥실 떠다닌다
쉬었다 앉은 자리가 마음에 안 들었는지
봄바람이 지나가자
바짓가랑이 붙들고
님이라 부르며 난리 블루스를 친다
눈 꽃송이 휘날리듯 사푼사푼
춤을 추듯 봄 하늘을 가득 메우고 가다
경치 좋고 물 좋은 곳에 자리 잡아
세월을 사랑하다 다가오는 봄날에
제 어미 모습처럼
이쁘게 개울가에 자리 잡고
봄, 가을을 보며
삶의 이야기 쓰겠지

2022. 4. 20.

저녁 풍경

저녁 석양빛이 곱게
천국에 아름다움을 선보이면
서산에 지는 노을을 본 나무들
오늘 밤 꿈에 천국에 그림이 그려지겠다
마지막 석양빛이 태양을 따라
돌아간 산속에서
어둠이 스멀스멀 묻어 나오면
일 나갔다 집 찾아 돌아온 작은 새
목청껏 짝을 찾는다
왜 늦을까?
어디 주막이라도 들어가
시원한 곡차라도 즐기는지 모르겠네
기다리는 님 생각해
일찍 일찍 들어오면 좋을 텐데
앞산 소나무 꼭대기에 보름달이 걸리면
우리 동네 뒷산 다람쥐 그것을 갉아먹겠다고
잽싸게 소나무를 오른다
아마도 내일 저녁이면
달이 조금 줄어 있을 거야

2022. 4. 20.

동상이몽

너를 기다린다
인연이라 생각하고
너가 내게 다가오길 기다리고 있다
동네 정자나무같이
누구나 외로운 사람들
품어주는 나무
하지만 넌 소식도 없네
내가 너에게 한 말
스치고 지나가는
봄바람이 알려주고
들려주는 실없는
농담 이야기인 줄 알았나 봐
난 내 진심을 그대에게 말했는데
아이구 아쉬워라
너와 나와 인연을 기대했는데
가까운 이웃이 아니라
냇물 건너 사는 인연이 아니라서
니를 향해 너 혼자
쌓아 온 시간탑이
무너짐이 아까워라

2022. 4. 20.

추억

나무는 햇빛가루를 주워 담아
예쁜 꽃잎을 만들고
봄바람은 어디서 주워 왔는지
꽃향기를 발라주고
그 향기의 유혹에 벌, 나비 꼬여 들고
처녀 총각 춘심도 꼬여 들어
그들의 가슴에 자기들도 모르는 사이에
사랑이 살짝 움트면
나도 모르고 너도 모르고
그 향기의 달달한 중독에 빠져
한참을 허우적거리다
아차 싶어 눈 떠 보면
이미 돌아갈 수 없는 길
삶의 수레바퀴는 구르기 시작했고
낯선 곳으로 저만치 앞서간다
청춘이 뿌린 사랑의 씨앗이 자라나
나무 그늘이 되어 휴식처가 되어줄 때쯤
읽다 만 책갈피에 꽂아 둔
추억이란 카드를 꺼내
만지작거린다

2022. 4. 21.

행복한 가족

대궐 같은 기와집
기풍이 도도한 선비같이
우아한 그 모습 품격이 있다
빼꼼히 열린 나무 대문 틈으로
새아씨가 꽃단장한 모습으로
아름다운 자태로 미소 짓은 듯이
처마 밑 화단에 곱게 곱게 핀
옥매화 연분홍 빛깔
그 향기가 담장을 넘어
울려 퍼지면 대문 문지방이 닿도록
온 동네 벌, 나비 넘나들고
어둠이 꽃 향기만큼 짙어지면
일 나갔던 집 가족들 하나, 둘 돌아오고
어둠에 꽃 등불이 켜진다
등불 아래 옹기종기 모여 앉아 저녁을 먹을 때
나누는 이야기 소리는 웃음꽃으로 변하고
달달한 그 행복에 향기는 별빛을 타고
요정이 사는 꿈나라로 날 샜짓하나

2022. 4. 21.

연산홍

저녁을 먹고
아내 손잡고 산보를 나선다
공원에 심겨진 연산홍은 가로등불 아래
크고 작은 군락을 만들어
옹기종기 한동네를 이루고 산다
가로등 불빛 아래 비치는 꽃잎은
너를 향한
내 마음같이 뜨겁고 순수하다
빨간 꽃잎에 새긴 진실의 언약은
퇴색되지 않는
순수함에 이야기로 남고
데이트 즐기는 청춘 남녀들
사랑의 약속으로
인증샷을 찍고
기쁨을 함께 나눈다
환갑을 넘긴 나와 아내도
인증샷을 찍어본다
그 의미는 말하지 않아도
바르게 살아온 사람이라면
그 약속의 의미를 알 수 있으리라

2022. 4. 22.

인간사 이야기

가고 싶으면 가라
이유는 묻지 않겠다
사랑이 싫어 떠난 님
사랑 때문에 만났는데
인연이 없으니 가는 것은 당연한 일
너는 너 갈 길로
인생 황혼 길 가고
나는 나대로 저문 저녁 길 가마
어쩌다 저쩌다 다시 만나
곡차라도 한잔 나눌 기회가 온다면
같이 가다 두 갈래 길이 나와
너는 숲속길이 좋아 그 길로 가고
나는 들판길이 좋아 들길로 가고
이렇게 시간 고개 넘어
인생 고갯길 넘어 와 보니
결론은 똑같은 길
살아오면서 본 경치는 달라도
몸이 달라 보이고
그 끝은 결국 한 길이었네

2022. 4. 22.

열매

홀러가는 시간보다
다가오는 시간을 빨리 보고파
잎새보다 꽃잎이 먼저 봄을 맞이하고
꽃잎이 울고 떠난 그 자리에 잎새가 새록새록 자라나
잊혀져 가는 꽃잎이 남긴 열매를 키운다
사나이 억센 이야기를 햇빛으로부터 듣고
엄마 마음 같은 잔잔한 미소로
흐르는 달빛을 모아
부드러움과 아름다움도 배우고
반짝이는 별빛의 꿈속에서
희망도 찾아낸다
이런 사연 저런 사연
무게를 못 이겨 떨어지는 동기와
이별의 아픔도 견뎌내며
삼라만상 이야기가 녹아들어
태양을 닮은 듯
오묘한 우주 진리를 말하는 듯
자체 발광이 빛나는
보름달을 닮은 사랑 가득 실은
열매가 된다

2022. 4. 22.

산책 길

넓은 강가에 밤이 찾아들면
하나둘 가로등이 출근하고
오늘은 신나는 파티라도 있나 보다
노래하는 가로등
춤추는 가로등이
물결을 타고 논다
강길 따라 쭉 늘어진 산책길에
청춘의 연인도 걷고
삼삼오오 모인 중년 여인의
웃음소리도 길을 간다
쉬엄쉬엄 쉬어가는
노부부의 그림자도 참 예쁘다

강물은 흘러 바다로 가고
산책길 걷는 사람들은
집으로 가는 걸까?
행복의 문으로 가는 걸까?
오늘 밤 꿈속에는
동화 속에 나오는 이야기가 있고
각자가 원하는 소망의 꿈
꾸었으면 좋겠네

2022. 4. 22.

봄날의 잔치

사월의 꽃 향기가 땅을 점령한다
그 이쁜 손짓 한 번으로 벌들을 불러 모으고
감미로운 향기로 나비가 나풀나풀 춤추며 찾아오게 만든다
들 길을 걷다 우연히 눈에 띈다 한 무리의 보리수나무
보리수 꽃 그 연한 꽃 향수는
가느다란 여인의 모습에서 풍겨오는 오묘한 향취는
사나이 몸과 마음을 다 녹여 설레게 만든다
따사로운 봄날의 오후 꽃 향기가 사방에서 유혹해 오면
뒷산 묏등가 경치 좋은 곳에 올라
소꿉 친구와 함께 잔을 기울이며
지난날 좋았던 시절로 돌아가
잊혀지지 않는 그 날들을 떠올려 보면
그 시절 난 내 마음속에 남아있는
한때의 무용담이 되어 구름을 타고
동에 번쩍 서에 번쩍이는 홍길동이 되었다가
하늘을 나는 새 꿈도 꾸었지
환갑을 넘긴 이 나이에 곡차
힘이 발휘하는 소쿠리 비행기를 타고
손오공이 되어 보는 행복한 봄날의 잔치로구나

2022. 4. 23.

쇼 핑

쇼핑을 간다
기분 좋은 발걸음이다
멋진 새털같이 고운
옷을 사러 간다
아내 손잡고 손자 손잡고
사위, 딸 앞세우고 가는 길은
개선장군 프레이드보다
더 든든하고 벅찬 가슴으로 설렌다
쇼핑장에 들어가
이리저리 눈 사냥을 하다
목표물이 정해지면
두 눈에서 레이저 불빛이 쏟아져 나온다
그저 맹수가 되어 오로지
그 옷 사는 데 집중된다
목적을 달성하고 나면
오감이 즐거워지고
하루 행복은 만땅으로

2022. 4. 23.

행복한 날

봄날 어느 날
봄바람에 꽃 향기 실은바람이 불더라
겨우내 가라앉은 마음에도
변화의 평지 풍파가 일어나
도저히 참을 수가 없더라
딸, 사위, 손자와 약속을 잡고
아내와 같이 차를 타고 도시로 간다
봄엔 꽃이 피고
새잎이 돋아 활기를 주듯이
사람도 패션에 변화로
꽃 같은 계절에 활력을 준다
쇼핑장에서 각자가 원하는
물건을 하나씩 차지하고 보니
얼굴에 미소가
귓가에는 웃음소리가
맛있는 저녁 식사까지 함께하니
오감이 만족한 날이었네
행복만 가득 싣고
돌아오는 밤길이
하나도 어둡지 않더라

2022. 4. 24.

봄날을 즐겨보세

봄빛이 가마솥에 고구마 익어가듯
무럭무럭 익어가는 계절
춥지도 덥지도 않은 것이 봄 소풍 가기 좋은 시간
나뭇가지는 햇살이 들락말락하게
그늘을 드리워 양산이 되어 주고
모래벌 시냇가 흐르는 강물은
피라미를 불러 모으고
개구쟁이도 불러 모아
봄 잔치를 한바탕 벌인다
꿀벌이 부지런이 꽃을 찾아
꿀을 따 모아 꿀통이 번성할 때
농부도 곳간을 채우기 위해
모판을 만들어 풍년을 준비하네
봄은 누구에게나
희망과 즐거움을 나누어 주는
행복한 시간 우리도 집에 있지 말고
복 타러 산으로 들로
나물 바구니 여행 가방 챙겨 들고
이 좋은 봄날을
사랑하는 그대와 함께 즐겨 보세

2022. 4. 24.

봄날의 풍경

녹음은 맑은 하늘에
구름 모여들 듯 짙어지는
오월이 접어드는 산골짜기
냇가에 나무 그늘이 두껍다
빗방울 내리듯 눈송이 날리듯
씨앗이 날개를 달고
작은 미풍에 그네를 탄다
누가 부르기라도 한 듯이
이리저리 빠르게 흩어져 가네
골짜기에서 솟아 나는 옹달샘 물은
아마도 산속에서 밤새 울다 흘린
이별의 눈물이 모여
눈물샘을 만든 듯하고
물도 차가운데
송사리 두 마리 자기 영역이라고
작은 웅덩이를 왔다 갔다 지키고
풀숲 우거진 그늘에
까투리는 장끼를 보초 세우고
알 품은 날 수를 헤아리네

2022. 4. 24.

인생은 도루묵

두꺼비 파리 삼키듯
술 한 잔 원샷으로 부어 넣는다
아우토반 고속도로 달리듯
목구멍에서 그 흐름은 질풍노도다
위에 도착한 술 기운이
햇살 퍼지듯
부챗살 퍼지듯
온몸에 찌릿하게 퍼지기 시작하면
심장은 짝사랑하는 님
외길에서 만난 듯
내 의지와 상관없이 팔딱거리고
얼굴은 그리움으로 사모한 님을 만나듯
뜨겁게 달아오른다
허파에 숨결은 짝사랑하던 님
꿈에서나 안아 볼 수 있는 님을 안은 듯
숨 가빠 헐떡인다
우와! 한 잔의 술이 평소에 못 이루던
꿈을 현신로 만들어 준다
세상에 영원한 것은 없다
밤이 있으면 낮이 있듯이
모든 일이 음 양의 조화

이 순간을 누리는 기쁨만큼
술이 깨가는 과정에서 고통을 느낄 거야
어휴! 그래서 세상에 좋은 것 나쁜 것
제하고 보면 그게 그 자리
한 잔 술의 화려한 마술 쇼에
오늘도 당한다
앞면에서 놀다 뒷면으로 기울어지면
앞면에서 즐거웠던 시간만큼
뒷면에서 맛보는 외로움은 크더라
즐거운 것 외로운 것 제하고 보면
인생길 행복도 불행도
늘상 도루묵이더라

2022. 4. 24.

행복한 순간

산나물을 뜯어 와
초장에 회덮밥을 비벼 먹으니
그 맛은 신선의 밥상이로다
삼삼한 기분에
이왕 내친 걸음에
막걸리 한 잔 쭉 하니
몸이 아지랑이에 녹아 난
풀잎처럼 축 늘어진다
세상이야 오든 말든
세상이 날 두고 가든 말든
나는 이 순간이 천국이고
여기가 좋아라
두 눈을 살포시 감으니
행복이 겹쳐오고
이대로가 좋다
나무 그늘에서 조잘대는
참새 소리 따라나서니
나도 모르게
봄날의 꿈이 기다리는
잠 속으로 빠져든다

2022. 4. 24.

해 저문 등산길

산 그늘이 강을 건너갈 때
비탈에 선 푸른 나무는
많은 잎가지로
조각 배 만들어 징검다리를 놓고
석양에 지는 햇살은 지팡이가 된다
큰 참나무 가지에
올해도 비둘기는 알을 품고
아무 일 없다는 듯이
봄바람에 나뭇잎은
파도타기를 즐긴다
작은 산 새 글 읽는 소리가
낭낭하게 울려 퍼지면
한 자라도 더 잘 듣기 위해
산천초록이 귀를 바짝 세운다
짐승들은 영역을 지키기 위해
순찰을 하듯
나도 건강지키려고
오늘도
해 저문 등산길에 오른다

2022. 4. 25.

이팝나무 꽃

황금빛 햇살 알갱이가 몇 날 며칠 정성을 다해
만리장성을 쌓고 작은 가지에서
시작한 반란이 불난 초가집 연기같이
뭉덩 뭉덩 솟아나는 이팝나무꽃 봉우리여
내 욕심만큼 많은 꽃잎이 붙어있기에
도저히 헤아릴 수조차 없구나
하얀 쌀을 부쳐 놓은 듯
수많은 구름 사탕을 꽂아 놓은 듯
꽃이 필 때는 꽃잎이 가려
네 본 모습을 볼 수가 없구나
지나가는 바람결에
춤이라도 추기 시작하면
만인의 소망 담은 소원 탑같이
하늘로 향해 피어나는 봉화대 연기처럼
살랑살랑 꼬리쳐 꽃봉오리가 피어오를 때
너의 존재는 꽃들의 중심에 서 있구나
네 꽃잎이 지는 날이면 눈 내리던 날 같이
땅은 희산색으로 물들고
내겐 쏟아지던 꽃잎만큼
생각이 깊어지더라

2022. 4. 25.

산딸기

산딸기 나뭇잎이
어른 손바닥만큼 자라나면
하늘에 푸른 별이 밤이슬을 타고
이 땅에 내려와 하얀 별 꽃이 되어 피더라
지나가는 바람이 전하는
삶의 훈수 한 수 듣고
빗물이 전하는 사랑 이야기도 듣고
오월의 따사한 햇살이 일러주는
삶의 지혜로운 이야기도 스며든다
밤과 낮이 교대로 굽어내는
시간의 속삭임에 세상 물정 세상 이치 하나씩 배워가면
어느새 어른이 되어 철이 든다
산토끼, 노루 놀러올 때쯤
영롱하게 이슬방울처럼 반짝이고
빨간 입술로 행인들을 숲속으로 유혹한다
할배, 할매 한입
엄마, 아빠 한입
우리 집 개구쟁이
입속으로 산딸기 들어가면
맛있게 먹겠지

2022. 4. 25.

비 오는 밤

일기예보에 오 일 전부터 비가 온다고 했다
세상살이 복잡해서 믿을 것 하나도 없는데
그나마 일기예보는
오 일치 앞날을 어느 정도 안다
미리 설거지도 해 두고
편안한 초저녁 잠을 즐기고 일어나 보니
낙숫물 장단가락이 현 상황을 알려준다
밤비가 내린다
갈 곳이 없어 머물고 싶은 곳이 없어
구름을 타고 며칠을 떠돌다
천운도 들고 지기도 맞아
명당이다 싶어 쉬고 싶었나 보다
유리창을 타고 창안에서 내가 뭐하는지
빼꼼히 바라보는 빗방울
처마 끝에 떨어지는 낙수 물소리로
드럼 치는 빗방울 송화 꽃가루 반죽해
그림을 그리는 빗방울
내 힘바당 고인 물에
무슨 그림을 그렸는지
궁금하네

2022. 4. 26.

아카시아 꽃

동네 뒷산에
병풍을 펼친 듯
그림을 그린 듯
하얀 꼬투리 아카시아 꽃 형제가
봄바람에 요롱 소리를 낸다
봄 꿈을 꾸며
바람결에 아웅다웅 장난치는
개구쟁이 재잘대는 소리가
온 산을 가득 메우면
세상일 궁금해 산새들도 찾아들고
꽃나비도 춤을 추며 날아든다
아카시아 꽃 그 향기에 취해
벌들이 흥청망청거리면
먼 곳에서 순백의
흰 꽃이 곱게 피기만 해도
나이 찬 아가씨 시집갈 마음에
가슴이 울렁거리고
아카시아 꽃에서 풍기는 그 향기에
내 마음도 설렌다

2022. 4. 26.

밤비

어제 낮 동안 온 동네 구름
다 끌어모으더니
어둠이 짙어지는 밤이 되니
슬그머니 어둠에 묻혀
모르는 듯이 빗방울이
하나, 둘 모습을 나타낸다
밤이 짙어질수록
대범하게 쏟아지더니
새벽이 와도 쉼 없이 내린다
우리 집 텃밭 땅속에 사는
지렁이 굼벵이 항복이다 하고
땅 위로 다 올라와 대피 중이겠다
가마솥 팥죽 부글거리듯
낙숫물 소리 토닥거린다
빗물이 새벽길을 막아서고
봄 가뭄에 목말라 헐떡이던
초목이 먹고도 남을 만큼
충분한 밤비에 낙엽 밑
곳간마다 빈틈없이 꽉꽉 채워두고
행복한 새벽잠을 즐기겠다
비 온다는 소식 전해 듣고

어제 모종 심어둔 나의 텃밭에도
봄비가 가득 차 설레는 마음으로
찬란한 아침 햇살을 기다릴 거야
반가운 손님 밤비야
거친 너의 하룻밤 몸부림이
해갈로 끝나고
농사짓는 나도 산천초목도 만족하네
아침에는 손주 녀석 웃음소리만큼
밝은 아침 햇살을 보고 싶구나

2022. 4. 26.

자시 삼경

텅 빈 밤거리에 밤비가 내린다
영리한 사람들 일찍 일기예보를 듣고
미리 보금자리 속으로 들어가
평화를 누리나 보다 흘러내린 빗물에
고랑이 생겨 개울물 흐르듯
개미 이사 가는 줄 같이
끊임없이 흐르네
빗방울은 홀로 선 가로등을
피가 나도록 빡빡 씻어
불빛이 씻겨져 나와
붉게 물들어 길거리가
불빛으로 반들거린다
우산 하나, 나 하나
걷는 이 길이 멀게 느껴지고
어둠을 밝히던 집들의 등불도
깊은 잠을 자는지 꺼져 있고
고민 많은 사람, 할 일 많은 사람만이
인생 문세풀이 늦세지느라
드문드문 불 밝혀놓고
묘수 궁리에 날이 밝아 오겠다

2022. 4. 26.

비 내리는 등산 길

구름은 온종일 하늘을 지키고 있다
어젯밤을 세워 내려도 분이 덜 풀렸는지
웅크리고 있다가 잊을 만하면
가랑비 되어 이슬비 되어 나비 같이 나풀거린다
숲이 내뿜는 호흡은 안개가 되어 피어오르면
큰 바위 위에 신선들이 바둑판을 펴놓고
세상일을 의논할 듯싶은데
사방을 둘러봐도 그 신선 그림자도 없다
젖은 나뭇잎 사이로 빗방울이 떨어지면
엉성하게 지은 산새 초가삼간 집 여기서도
저기서도 집에 비 샌다고
엄마 산새들 아빠 산새 붙들고
잔소리에 난리굿을 벌린다
인간사나 짐승들이 사는 세상이나
삶이 만만한 곳은 없나 보다
촉촉이 젖은 낙엽이 삭아가는 거름 냄새가
커피향보다 더 운치 있고 구수하다
나뭇잎이 품어내는 음이온은 코를 지나
먼지 쌓인 가슴을 청소하고
건강의 힘이 되어 저축된다

2022. 4. 26.

코인 투자

잠을 깬다
머리 복잡한 어제는
깊은 잠 한 번으로 지워진다
기대 반 설렘 반으로
어젯밤에 사둔 코인이 어찌 되었나 하고
궁금해서 화투 패 쥔
노름꾼처럼 두근 반 세근 반
떨리는 마음으로 조심스레 펼쳐 보지만
그 결과는 혹시나가 역시나로 실망이다
어제가 저점이다 싶어
투자금 또 배팅했는데
오늘은 더 내려갔네
하도 당하고 살다 보니
화도 안 난다
이런 꼴 저런 꼴 보기 싫어
더 이상 투자 안 하고
투자한 금액만 두고 보기로
욕심 그릇 정했는데 평정심은 어디 가고
욕심만 가득 차 번민으로 괴로워하는가
어디 사람 욕심이 가만히 두고 보나
충동질로 총질해대는데

무너지고 마는 마음에 장벽
어제 투자한 돈도
웅덩이에 돌 집어넣기가 되어버렸네
참 알 수가 없네
매일 본전에 기준점을 두고
희로애락할 일을, 후회할 일을
매번 저질러 후회하는 인생이여
매번 당하기만 하고 사는 욕심 앞에
또 노략질 당하고 마는 어리석은 내 인생이여
이것도 운명이고 사주팔자인가
왜 욕심의 올가미에 못 벗어나고
목줄 메인 개처럼 그 자리 못 떠나고
울고불고 난리 치는
고달픈 내 인생아

2022. 4. 27.

새벽의 알림

처마 밑에 세 들어 사는 참새 부부가
열심히 돈 벌어 자기 집 장만하겠다고
이른 잠을 깨어나 오일장 장삿길 가려고
이른 새벽부터 바쁘다 바빠
노인이라 그런지 어디 갈 곳도
바쁜 일도 없는데
푹 자고 싶은데 조물주 심술은
내 하고 싶은 일 못 하게 방해를 하는지
새벽잠이 어디가 숨었는지
그 행방 안 가르켜주네
옥상으로 올라갔나 하고 그 행방을 찾아 올라 본다
밤 사이 정화된 새벽공기가 상쾌함과 활력을 준다
대부분의 집들은 이불 속에서
세상에서 못 즐기던 신선놀음을 즐기는 중이고
드문드문 혹 가다 몇 집이 등불을 밝혀 놓고
안 오는 잠 기도하고 있는지
염불이나 외우고 있는지
몰라도 무슨 생각이 깊나 보다
조용한 길거리 모두 다 비키라고
헤드라이트를 켜고 숨 가쁘게 뛰어가는 자동차
무슨 볼일이 그리 바쁜지

아마도 오늘은 자기가 제일 먼저 줄 서
세상에서 가장 큰 복 욕심 타러 일찍 가나 보다
새벽안개를 타고 하룻밤 세상을
신나게 즐기던 요정들
놀이를 그만두고 숲속으로 휴식을 가네
나도 무사 무탈한 평범한 행복이
주는 기쁨을 오늘 하루 누리고 싶다

2022. 4. 27.

병원 가는 날

우리한 통증이 이른 잠을 깨운다
사물이 활동하기 전인 새벽이라
세상은 깊은 물속같이 고요하다
고요하다고 해서 물이 멈춘 것이 아니다
보이지 않는 움직임이 있을 뿐이다
또다시 잠을 청해 보지만
머릿속 지도는 더 복잡해지고
이제는 어느 곳으로 향해 갈지
갈 곳도 모를 만큼 복잡하다
한숨을 자고 나니 잠이 안 온다
급한 불 끄고 나니 또 다른 급한 불이 나선다
오늘은 정기적으로 병원 가는 날
의사 선생님 말 한마디에 천국과 지옥을 오간다
길흉화복이 사주팔자에서 시작되는 것이 아니라
의사 선생님 말씀으로부터 시작되고 끝난다
생과 사를 가르는 것은 저승사자가 아니라
의사 선생님의 입이다
그래서 기도한다
오늘은 내가 가장 듣기 좋은 말
기분 좋은 말만 듣고 싶어라

2022. 4. 27.

노년의 인생

모두 다 삶을 위해 자신의 자리로 찾아간 시간
나는 사회에서 내가 할 일을 마친 직장 은퇴인이다
늦은 아침을 여유롭게 먹고
일소 밭 갈 듯 천천히 가야 할 곳으로 간다
그리 좋아하지도 않는다
그렇다고 맛을 구분해 즐기는 미식가도 아니고
어떤 것이 좋아 죽는 기호가도 아니다
아침 먹고 직장 가듯 그냥 습관처럼 아침 먹고
어디론가 규칙적으로 출근해야
불안하지 않은 마음 때문에
이 핑계 저 핑계를 빌미로 커피집에서
같은 소읍에 사는 벗을 만나
하루 관심사를 이야기하고
시간 있으면 점심도 한 그릇 하고
아니면 내일 이야기할 거리 찾아 헤어진다
노년에 먹고살 걱정 접어두고
심심하지 않게 적당히 농사도 지으며
외롭지 않게 커피집에서
약간 쓴 인생살이 같은 아메리카노 커피향과 함께
하루를 시작하는 노년의 인생이 아름답다

2022. 4. 27.

돈

돈이라서 돈이다
그것은 인간이 발명한 물건 중에
가장 혁명적인 공평한 믿음의 물건이다
인간은 누구나 돈의 바탕 위에서
살기도 하고 죽기도 한다
돈의 값어치는 공평하다
오늘도 남녀노소 할 것 없이
자기가 벌 수 있는
최고의 수월한 방법으로
아니면 억지로라도
자기 편을 만들기 위해
재주와 권모술수를 동원하고 있다
그래서 인간이 살아가면서
필요한 물건 불편함 없이 구할 수 있고
도움 받으며 산다
누가 돈이라고 했나?
왜 돈이라고 했을까?
머물지 않고 물레방아처럼 돌고 돈다고
아무튼 몰라 정할 때 그 자리에
내가 없어서 이 물건이 많고 적음에 따라
기회가 더 있고 없고 차이는 나지만

전부는 아니야
물물교환이라는 대체 수단이 있어
누구나 더 가져보려고 노력해 보지만
마음대로 안 되는 일
인생살이 대부분이 돈 품에서 시작해
돈 품으로 끝나는 것 같더라
인간과 인간의 최후의 약속인 돈
최고의 신뢰품인 돈
돈의 값은 믿음이 있기에 가능하고
믿음 없는 돈은 휴지와 같다
돈은 서로에 대한 믿음의 값어치다
그래서 소중한 것이야
그 돈을 위해 세상사람들 모두 다
자기 합리화를 시키며
오늘도 자기 편으로 만들기 위해
돈을 꼬드기고 있다

2022. 4. 27.

석양에서 본 월암산 풍경

석양은 철쭉꽃 붉게 핀

황매산 꼭대기에 한 다리를 걸치고

서산을 넘어가려고 할 때

하늘엔 고운 저녁 노을빛이

구름 속까지 물 들어

예쁜 모습으로 그림을 그리고

황매산을 수 놓은 수많은

철쭉꽃 군락을 넋을 놓고 바라본다

산 위에 올라선 노을빛에

내 얼굴도 붉게 물들어 가면

그 황홀감이 내 작은 가슴을 꽉 채우고도 남아

사랑하는 너에게도 이 마음 전하고 싶어 이렇게 편지를 쓴다

가지마다 잎새마다 여인의 향기가 풀풀 나는 아카시아

꽃 향기가 주렁주렁 매달린 이쁜 꽃은 청춘 시절

내 아내의 향기같이 감동을 주고

바람이 나뭇잎을 간지럽힐 때마다

예쁜 꽃 나비가 나풀거리는 듯 기쁨을 주고

볼 때미디 꽃 니비기 날갯짓을 히느 듯

교태를 부리면 노래 잘하는 풍류객

작은 산새는 그 품에서 하룻밤 사랑을 청하네

2022. 4. 27.

연산홍의 사랑

밤에 부는 솔 바람이
꽃 향기 살랑살랑 피우면
어둠 짙은 숲속에서
이별하고 떠난 님 찾아
이리저리 불러 대는 소쩍새 소리가
가슴 먹먹하게 메워져 오고
밤빛이 물들어 가는
늦은 봄 하늘에 사랑 모르는 철부지
초승달은 벌써 서산마루에 올라

좋아라 하네
가로등 밝은 불빛 아래
사랑으로 가득 찬 마음만큼
진한 연산홍의 꽃잎은 백년 천년이 가도
변색되지 않을 만큼 붉게 피어 있네
시간이 아무리 물타기를 해도
세월이 아무리 꼬드겨도
일편단심 내 마음 그대로
내 님 가슴에 옮겨
평생을 변하지 않는 마음으로
살게 하고 싶어라

2022. 4. 28.

숲속 길

숲길을 걸어 산을 오른다
꼬불꼬불 오르막길
내리막길을
이 길이 만들어 질 때까지
얼마나 많은 짐승들이 다녔을까
맛있는 먹이를 찾아
들로 내려갔을까?
멋진 애인이라도 만나려고
이웃 산으로 얼마나 많이 다녔으면
이 길이 닳고 닳아
반들반들 산길이 되었을까?
모르겠네
이 길이 간직한 사연을…

2022. 4. 28.

부부의 산책길

한 집에 산다
숙식을 함께 해결하는 가족 공동체다
세상일이 세분화되어 가다 보니
제대로 얼굴을 맞대고
이야기할 시간
안부를 물어볼 시간도 뜸하다
저녁 운동이란 핑계로 함께 산책을 나선다
공원 길이라 흐트러짐 없이
일목요연하게 잘 정리되어 있다
편집해 놓은 책처럼 정해진 길 따라
정해진 시간만큼 돌아서 온다
오다 가다 보면 하루 있었던 일
경험했던 일
풍문으로 들은 이야기
둘이서 교환 일기를 쓴다
편안하고 여유로운 이 시간은
또 다른 하나를 만들어 준다
너와 내가 아닌
우리는 하나의 운명 공동체

2022. 4. 28.

아카시아 꽃

푸른 나뭇잎은 가로로 짝지어 줄 서고
좁쌀만큼 작던 꽃 몽우리가
콩알만큼 커지기 시작하면
새색시가 버선을 신은 듯
예쁜 아카시아 꽃 꼬투리가
하나둘 발을 내밀고
하얀 박속 같은 꽃잎이
배시시 웃어 재끼며 입을 벌릴 때
고운 흰나비가 매달린 듯한데
실바람이라도 살랑살랑 불면
집단 군무를 추는 듯 나풀거리고
금방이라도 사랑의 종소리가
청춘 남녀를 불러 모을 듯싶다
벌어진 꽃잎 틈으로 아카시아 꽃 향기
솔솔 새어 나오면 온 동네
사내 벌 처자 벌 다 모여들어
즐기는 데이트 소리가
꽃잎상 상니 납이 북 휘서리면
향기 진한 달콤한 꿀물이
뚝뚝 떨어지겠네

2022. 4. 28.

불평불만

오늘은 병원 정기 검진 가는 날
금식이라 아침을 굶고
피검사 소변검사를 한다
환자가 아침 굶고
점심때가 되니
하늘이 노랗고
걸음걸이는 북망산천 걸음걸이다
배는 어디고
등은 어디 붙은 지도
앞뒤가 어딘지 전혀 모르겠네
아픈 사람 건강검진 하려다
체력이 떨어져
건강이 더 악화되겠네
다가올 미래보다
현재가 더 중요한 것 아닌가
인명은 재천이라 했는데
인간의 욕심이 자연계의 질서를
무너뜨리는 것 같구나

2022. 4. 28.

고속도로

여행길을 나선다
뻥 뚫린 고속도로를
마음이 가득 찰 만큼
속 시원하게 내 달린다
산 넘고 물 건너
꽃 구경도 하며 간다
아카시아 꽃 이팝나무 꽃
키 작은 철쭉 꽃무리들도 보인다
저 멀리서 눈에 확 들어오는
보랏빛깔의 오동나무 꽃 이쁘다 싶어
차를 세우고 보니
하늘 향해 나팔을 드리우고
요정들의 신호를
기다리고 있다
봄 계절에 이쁜 모습도
아프고 지나가는 열병처럼
세월 따라 훅
지나가네

2022. 4. 28.

장날의 유혹

봄 계절의 설렘은
산에서도 들에서도
설렌다
오늘은 무슨 나무 무슨 풀이
이쁜 봄꽃을 피울까 싶어
기대 찬 마음으로 산다
매일 보는 그 들판 그 산이지만
해마다 피는 꽃은 다른 모습으로 다가온다
오늘은 시골 오일장
희망을 파는 꽃장사 모종장사들
장터엔 온갖가지
산나물에 들나물들이
새로운 욕심을 부르고
처음 보는 구경거리가
발길을 잡고
이것저것 사는 재미
돈 쓰는 재미가 솔솔하다
집에 가서 후회할지 모르겠지만
뭐든지 사고 싶은 걸 보니
나는 욕심쟁이로구나

2022. 4. 28.

내 아내는 고마운 사람이다

봄 빛깔이 짙은 계절
숲속에는 산새들이 둥지를 틀고
알을 품고 구름 낀 하늘 보고
나뭇잎에 앉은 청개구리는
그냥 지나가지 말고 비를 청한다
오늘은 오일장날
난전에 온갖 물건들이
자기들 좀 보러오라고 난리다
이 구경 저 구경하다가
눈길이 딱 멈추는 곳이 있다
다른 것은 안 보이고
꽃 하나만 보이더라
사랑 만큼 붉고 진한
다알리아 꽃이 군계일학이다
내가 본 꽃 중에 제일 크고 붉다
내 마음을 다 실어 보내도
좋을 만큼 크다
꽃을 보니 딱 생각나는 한 사람이 있다
35년을 나를 위해 산
아내의 얼굴이 떠오르더라
값은 묻지도 않았다

오로지 아내에게 선물하고픈
마음밖에 없더라
비싼 돈을 덜렁 주고 사도
하나도 안 아깝더라
고마운 사람에게 선물하고픈
마음이기에 기쁘더라
사서 들고 오니 지나가는 아낙네들
감탄사가 연발이다
너무 예뻐서 마음이 움직인다고
뿌듯했다 이렇게 예쁜 꽃을
선물해 주고 싶은 마음이
생겨서 기쁘다
참으로 나만을 위해 살아온
내 아내는 고마운 사람이다

2022. 4. 28.

대구 갔다 오는 길

선비가 뜻을 세우니 일이 이루어지고
대나무가 뜻을 세우니 죽순이 나오더라
고속도로 옆으로 활짝 핀
아카시아 꽃 날 좀 보소 하고
향기로 유혹해 보지만
본체만체 낙동강 다리 너머로
달아나더라
어느 누구 하나 꽃바람 유혹에
안 넘어가는 걸 보니
꼬드기는 기술이 없는지
지조 높은 선비들이라서 그런가
나는 모른다
하늘은 양떼구름을 몰고 집으로 가고
산속 송화가루는 바람을 타고
마트로 저녁 찬거리 사려고 가나 봐
나는 내비게이션 아가씨가
안내하는 길 따라
아내가 맛있는 저녁상을 준비하는
나의 집으로 간다

2022. 4. 28.

까치 집

전설에 달빛 밝은 삼경에

심산유곡에 사는 봉황이

밤마실 나설 때

오동나무 위에서만

쉰다고 했는데

오늘은 길을 가다 우연히 봤네

오래된 오동나무는 수많은 가지에

헤아릴 수 없을 만큼

수많은 보랏빛깔의

큰 꽃이 피고 그 향기는

십리 길을 달리네

늦은 봄 햇살은 꽃잎마다 매달려 있고

꽃 그늘진 가지 사이에

까치 두 마리 집 짓는 공사가 한창이네

시청에서 준공검사나 해 주려나 몰라

무데뽀로 지어진 별장 오동나무 좋은 기운 받아

봉황 같은 아들 딸 낳기만 해도 성공이지

집이야 무허가로 철거되든 말든

손해 보는 장사가 아니니까

2022. 4. 28.

도시 풍경

장기판같이 잘 닦아진 도로에
신호등이 출발 신호를 주면
온갖 자동차가 제 갈길로 빠르게 간다
혹 가다 돌발 변수로
신호 없이 끼어들기 수법의 반칙도 있다
길가에 선 키가 큰 가로수는
도로에 나와 반갑다고 손을 흔들고
빽빽한 빌딩 아파트는
하늘에 구름을 떠받히는 기둥이 되고
건물 문마다 이쁘게 화장한 간판은
오는 사람 가는 사람 불러세우고
화려한 컬러 조명발에
내 호주머니는 야위어간다

2022. 4. 28.

병원 가는 날

정해진 날짜에 병원을 간다
병원 들어서는 발걸음은 늘상 무겁다
마음 또한 위축이 되어
기가 죽는다
대기실에서 다른 사람들 얼굴
가만히 바라보면
병색이 짙은 얼굴에서
연민의 정이 일어난다
누가 뭐라 해도
세상에서 제일 불쌍한 사람은
아픈 사람이다
사람 목숨 인력으로
어쩔 수 없겠지만
최선을 다해 지켜
보는 수밖에 없네
수많은 사람들이 오고 가는 병원 문
아무리 보고 싶은 사람
만나고 싶은 사람도
여기서는 만나기 싫다
눈앞에 고통이 싫다

2022. 4. 29.

봄 날

봄 아지랑이가 하늘과 땅 사이를
무지개 다리를 놓을 때
어린아이 가슴에 생기는 작은 욕심에 희망만큼
꿈을 가진 민들레는 충전된 용기로
언 땅을 녹여 예쁜 잎 하나
땅끝에 손 내밀면
하늘이 응원해 구름에 봄비 실어
박수 치고 응원하면 몸과 마음이
용기와 희망으로 자신감으로
노란 꽃망울을 세상을 향해
나 여기 있노라고
존재의 이유를 노래 부른다
그 노랫소리는 땅속 뿌리 끝까지
감동으로 전해지고
이웃에 사는 개미에게도
봄 소식이 전해져
개미 굴에서 개미가
세상 구경하러 땅속에서 얼굴을 내밀면
그 봄 기운은 땅속으로 녹아들어
사람 가슴속까지 천천히 물 들어간다

2022. 4. 30.

민들레 씨

이른 봄 개미가
세상 구경 나오기 전에
논둑 따라 곱게 핀
흰 민들레 꽃, 노란 민들레 꽃
눈 녹던 찬바람 가슴에 안고
시린 손끝에 매달린
찬 이슬이 산고의 아픔만큼

찐하게 아리어오고
제일 먼저 세상에 나온
선구자의 발걸음으로
제일 먼저 한 해 일을 마무리하고
하얀 꽃 몽우리는 언덕길에 서서
타고 갈 바람만 기다리고 서 있네
어디로 갈까? 산으로 갈까? 들로 갈까?
아직도 헷갈리나 봐
이 한밤 자고 나면 오후에 부는 바람 따라
세상을 떠돌다 내년 봄이면
이웃에서 먼 곳에서 이쁜 꽃 피우며
사람들에게 보람찬
새봄 소식을 알려주겠지

2022. 4. 29.

이모님 팔순잔치

이모님 팔순잔치
하늘은 푸르고
태양은 쟁반에
구슬을 올려놓은 듯 깔끔하다
봄 기운 받은 땅은
향기가 솔솔 피어오르고
중년 봄날의 완숙미가 풍기는 날
이모님의 팔순 잔치가 열리는 날이다
민들레 씨앗 바람에 흩날리듯
전국 각지에서 자리 잡고 살다
오늘 뜻을 모아
콩 꼬투리에 콩알 채워보듯
맞추어 본다
원래는 아홉 개였는데
우째 된 일인지 아무리 세어봐도
두 개가 빈다
아래 위로 처음처럼 정리해 보니
먼저 생긴 두 개가 없네
이승 삶 놀이 심심해
저승으로 여행 중이시고
오늘은 넷째 팔순이다

문득 생각난다
언제까지 머물 수 없는 세상이기에
마지막 막내가 팔순이 될 때
누가 남아 있을까? 내일은 알 수가 없기에
살아 있는 현재에 나누는
동기간에 정
다음번에 올 후회를
미리 막는 것 같네
오르막인 지금 이 순간에 웃는 웃음이
참 보기 좋으네

2022. 4. 30.

할비와 손녀

가만히 잠든 너 얼굴을 보고 있다
너는 지금 꿈속에서
무슨 재미나는 놀이 꿈에
빠져있는지 모르겠지만
할비는 지금 너 손잡고
세상구경 나서고 있단다
토끼의 발자국 소리에도 웃고
장닭이 암탉을 부르는 소리에
귀 쫑긋 세우고
강아지가 반갑다고 살랑살랑 흔들어 대는
꼬리 부채질에도 우습다고
까르르 웃어제끼는
너 참으로 이쁘다
할비가 되고 보니
너랑 함께 살고 있는 이 순간이
할비는 가장 행복하단다
비밀이야 너만 알고 있어 손녀야
너 모습 그 사세기 무모선 공나
신기한 세상
모든 것이 궁금해 알고 싶은 너
빨리 안 알아도 돼

천천히 좋은 것부터
즐기면서 해 이렇게 자는 얼굴만 봐도
행복이 가슴 속 꽉 채우고도 남아
웃음으로 넘쳐 나온다
할비는 기도한다
너 앞날은 무사 무탈하고
너가 원하는 것 누리고
그저 건강하고 행복만 하라고
빌고 또 소원해 본다
손녀야

2022. 4. 30.

고사리

아침 해가 산 넘어 동네에서
서둘러 아침을 먹을 때
실안개는 뜀박질을 하며
술래잡기 놀이에 푹 빠져 있고
이슬은 풀잎 끝에
매달려 시소놀이를 즐기다가
지나가는 나그네 발걸음에
빚쟁이같이 착 달라붙는다
숲으로 난 산길 따라 길을 오르다 보면
서낭당에 선 여인 모습같이
부끄럽게 고개를 살짝 숙인
고사리가 우후죽순 솟듯
여기서도 저기서도 얼른 오라 손짓하네
하나 하나 꺾어 들 때마다
손길이 빨라진다
채울 주머니 꽉 채우고 나면
의욕도 다 비어가고
체력도 바닥을 기면
아침 생각이 날 때쯤
산길을 내려온다

2022. 4. 30.

행복한 하루

명당 터 같은 곳에 자리 잡은
집 대청마루에 앉아
고개 들어 앞을 보니
먼 산 넘어 구름이 산마루를
넘어서고 봄도 함께
넘어와 산 중턱에 자리 잡는다
문종이를 물들여 만든 꽃잎같이
공들여 핀 목단 꽃잎 아쉽게 진 자리
옆에 붉은 작약꽃이
하늘을 향해 활짝 웃고 서 있고
무슨 꿈을 꾸었는지 궁금하네
낯선 손님 방문에 어색했는지
개는 온종일 가라고 짖는지
같이 놀자고 짖는지
통역이 없어 모르겠네
봄날 풍경을 즐기기에
딱 좋은 시절
이 시간 기억에 남을 만큼
재미있게 하루를 즐겨 보세

2022. 4. 30.

한잔의 술

한잔의 술을 먹었다

꼭 이럴 때면 마음속에

진심을 이야기하고 싶었다

하지만 술 먹고 횡설수설하는 자를

워낙 많이 만나 본 상대방은

아예 대화를 하려고 하지 않는다

그 심정 이해한다

그 사람은 술의 마술을 하도 많이 당해 봐

그 속 뻔히 다 알기 때문이야

이래서 답답한 마음은

가슴속에 묻힌 이야기로 끝나고

술이 깨기 시작하면 본능적으로 진실은 감추고

잘 포장된 표준에 이야기가 접대 상무로 나서고

진짜 마음속에 하고 싶은 이야기는

마음속으로 그림자만 남겨두고 숨어든다

진짜 이 마음속 홀라당

뒤집어 들어 줄이 있으면

한평생 내 마음씨 꼭 나 바쳐 그금 위에

살아도 시간이 하나도 아깝지 않을 듯싶은데

그 사람 아직도 내 마음 몰라주네

2022. 4. 30.

인생 길

무얼 원하는 걸까? 말 못하고 복잡한 머릿속으로
가슴 속 답답했는데
내 말 들어 줄이 없고
나 하나 소주 잔 하나
등불 아래서 밤을 지새워 보지만
신통방통한 대답은 없고
시간과 한숨이 반죽 된 고민은
골치 아픈 두통에 전을 꾸어 술안주로 내보인다
이해되지 못한 일은
또 다른 아쉬움으로 남고
넘고 보면 고갯길 나오고
숨을 헐떡이며 울고 넘는 이 고개
끝인가 싶어 물어보면
아직도 끝이 아니라네
안 갈 수도 머물 수도 없는 인생길
언제쯤
어디쯤
잘 포장된 아스팔트 길이 나와
룰루랄라 콧노래 부르는
아침이 올까?

2022. 4. 30.

그대 마음

알 수 없어요
그대 마음을
내가 산을 그릴 때
그대는 바다를 그리고
아무리 그대 마음
이해하려고 해도
이해할 수가 없네요
살아온 환경이 달라서
살아가는 방법이 달라서
생각이 같을 수는 없어
하나가 될 수 없는 까닭이었군요
자로 재어보기 전까지는 몰랐네요
그대와 나의 이야기를 하나하나
맞추어 보면 같은 크기의 공통분모가 생겨
하나가 될 수 있어요 우리 같이 생각하는 시간을 투자하면
시행착오를 줄이는 길이기에
이 밤에 그대에게 편지를 쓰네요

2022. 4. 30.

보리 익는 풍경

남풍 불던 보리밭에 오월에 햇살이 쏟아지면
이삭 벤 보리는 꽃을 피우듯 꿈을 피우듯 피어나고
군인들 열병하듯 씩씩하다
키 큰 풀잎이 강가에서 그림자 길게 드리우며
피라미와 술래잡기 놀이를 즐길 때
동네 건달 메기는 나른한 오후 시간이 지루했는지
하품을 하며 왔다 갔다 순찰을 한다
온종일 두 눈 부릅뜨고
이제나저제나 하고
반가운 님 소식 기다리는 낚시꾼 낚싯대
옆만 왔다 갔다 할 뿐 관심이 없나 보다
하이얀 모래알이 오월의 한낮 햇살에 익어갈 때쯤
종달새 두 마리는 어디 갔다 왔는지
숨을 헐떡이며 마른 목을 축인다
산 넘어 남풍이 보리밭에 들어와
세상 이야기 보따리 풀어 놓으면
그 이야기에 궁금해진 보리 이삭은
경쟁이라도 하듯
부는 바람 따라 여행 간다고
물결처럼 출렁이네

2022. 5. 2.

힘 내

오월의 햇살이 아침 풀잎에 맺힌 이슬마저
바쁜 걸음을 재촉해 가던 길 늦을까
마음마저 바쁘게 한다
보리밭 종달새는 무엇을 잃어버렸는지
아침부터 보리밭 고랑을
이리저리 우왕좌왕 왔다 갔다 하며
뭐라 뭐라 똑같은 소리를 하는데 알 수가 없고
산 넘어 소풍 가는 바람 따라
송화 가루 꽃가루는
자기가 먼저 가겠다고
달리는 말이 먼지를 일으키듯
노오란 꽃가루 분칠하며
휩쓸고 지나간다
들판에 하이얀 부직포를 덮고
늦은 아침잠을 즐기는 모판은
농부가 희망에 꿈을 꾼다
신록의 계절이라 봄 기운이 왕성하다
이 좋은 기운 받아 아프지 말고
오늘도 기분 좋고 활기찬 하루 시작해 보자
힘내

2022. 5. 2.

불면증

밤은 어둠 속으로 물속으로 잠행 길을 떠나는 잠수함처럼

고요 속으로 깊이 헤엄쳐가고 하나둘 켜진 불빛도

하루 일로 고단하고 피곤했는지 만사를 제쳐 두고

나 몰라라 하고 눈을 감는다

나는 낮에 했던 일이 미련이 남는지

아쉬움에 후회가 있는지 모르겠지만 그때 왜 그랬을까

한 번 더 생각했으면 하는 반성에 복기를 해 보니

잠은 멀어지고 생각 깊은 장고에 들어서면

담배연기 날숨 같은 꼬리 긴 한숨으로

잠을 청해 보지만 잠은 안면몰수네

홀로 등불 밝혀 놓고

의자에 기대 아무 생각도 하지 말자고

스스로 다짐하는 주문을 외우다 보니

잠투정하는 어린아이 보채듯

뭐가 뭔지 확실하지 않는

회색 꿈 지대에서

비몽사몽 갈지자 걸음으로

오늘 밤도 꿈길을 홀로 걷고 있구나

2022. 5. 2.

찔레꽃 사랑

보리밭에 보리 이삭이 피고
물 잡은 논에 잘 정렬된 모판에
파릇 파릇 새싹이 봄 구경 나서고
물 고인 작은 웅덩이는
사랑 구하는 개구리 합창 소리에
귀가 솔깃해지는 시간들의 신선놀음에
세월이 오는지 가는지 모를 호시절이로구나
오월에 부는 바람은 젊음을 실어 준다
신록의 그 풋풋함을 나에게 배달하면
그 기운을 등에 업고 나비같이 사푼사푼
들길을 나서면 아카시아 꽃 달달한 향기 풀풀 휘날리고
연신 꿀을 딴 벌들의 낮은 비행은
꿀 통으로 향하고 실개천 물이
봄 소풍 나선 들녘에 하이얀 꽃송이 송이 들고
이제나 오실까, 저제나 오실까, 님 기다리다가 지쳐
손에 든 그 꽃송이 시들어 가고
기다리는 님이 누군지 모르지만
꽃을 들고 기다리는 님 생각해
실망으로 울어버리기 전에
찔레나무 품으로 안겨 줬으면 좋겠네

2022. 5. 3.

어버이의 기도문

내일 모래가 어버이날
둥지 떠나 짝을 만나 가정을 이루고
병아리같이 강아지같이 귀여운 손자 손녀를 거느리고
당당한 어미닭으로 자라 난
자랑하고픈 아들 딸들이 대견하다
키워줘서 감사하다고 선물 꾸러미 들고 온다네
낳아 주고 길러 줘서 고맙다고 오는 인사가
감격의 눈물이 나려고 한다
본다고 생각하니 몸과 마음이
몇 날 며칠 전부터 기쁨이 솟아 회춘한다
아들 딸들아 부모는
너희들과 그 후손들이 건강하게 잘 살아가는 것만으로도
큰 선물을 받은 거란다
부모들 바람은 오직 하나 작년에도 무탈하게 살았듯이
올해도 무탈하게 잘 넘기고
내년 그 후 끝까지 건강하고 행복으로 이어지는 것이
단 하나 원하는 소원이란다
아들 딸들아 어떻게 하든
너희 가정 화목하고 행복한 가정 이루어 사는 것이 최고의
효도란다 어버이가 자나 깨나 외우는 기도문이란다

2022. 5. 3.

통증

하루살이가 피곤해 한숨 자다
잠보다 통증 지분이 더 많아지면
잠에서 아픈 고통으로 깨어난다
시간 장소 구애 됨 없이
불쑥불쑥 예고도 없이 나타나 통증을 준다
사채업자가 나타나 빚 독촉하러 온 모습같이
끈질기고 악착스럽다
남이야 죽든 살든 인정머리는 일도 없다
이제는 그만해도 될 것 같은데
약을 먹고 주사를 맞아도 할 수 있는 방법을
다 동원해도 통증은 날 잊지도 않고
나를 너무 너무 사랑하나 봐
캄캄한 밤 어두운 밤
어둠 속에 꼭꼭 숨어 있는 날 잘도 찾아낸다
밤낮을 안 가리고 찾아들어 고달프게 하는구나
난 통증 정말 너무 너무 싫은데
미운 짓만 골라 괴롭히네
시간과 한숨으로 번버된
아픔을 쏟아내어 보지만
할 수 있는 것은 아무 것도 없다
통증이 끝나는 그 시간을 알 수 없기에

그저 시간이 흘러 아픈 상처 다 나아질 때까지
당하고 살 수밖에 없는 숙명이기에 두렵다
아픔의 고통이 부처가 말한
생로병사의 고뇌가 이해되고
윤회의 굴레가 너무 싫다
달달한 꿀통 욕심에 빠진 파리처럼 그 결과 뻔한데
삶에 발린 달달한 유혹에 빠져
어리석게 생로병사 굴레에 뛰어들어
돌고 도는 인간의 삶의 허무한 결과는
누구나 다 아는 이야기인데
조물주 선생님이 아무리 꼬드겨도
다시는 안 속는다

2022. 5. 3.

오월의 하루

오월 아침 햇살의
싱싱한 알갱이가 나뭇잎 배 부딪혀
정미기에 쌀알이 줄줄 새어나오듯
땅에 쏟아지고 부서진 알갱이는
개미들이 물고 땔감 하겠다고
굴 속으로 실어 나르고
어디에 앉았는지 보이지는 않지만
참새 두 마리 오고 가는 대화가
참 부드러운 걸 보니
간밤에 한 이불 덮고 자고 난 것 같다
씨앗 심는 봄날이라서
오늘도 하루 일상 계획이
부추밭 부추 모양 빼곡히 늘린 걸 보니
아직도 난 현역 인생인가 보다
논둑에서 논물 속으로
힘차게 점프하는 개구리 뒷다리 차기처럼
힘차게 일터로 나서봐야겠네
그래도 오월의 봄날 하루를 일 년 치를 쓰는 듯
빼곡하고 보람찬 하루
매 순간 기쁨이 충만한 알뜰한 시간 보내시게

2022. 5. 3.

황매산 철쭉

오월의 아침 해가 저녁노을이 되어
황매산에 걸린 뜬구름을 대장장이 쇠 굽어 내듯
붉게 굽어 놓으면 짙은 구름은 어둠 속에 비를 타고
땅으로 내려와 이 언덕 저 언덕 모퉁이에도 더 넓은 평원에도
피카소보다 더 화려한 붓 놀림으로
붉고 분홍 빛깔 고운 철쭉꽃 그림을 그리고
벌 나비 불려 모으니
알록달록 옷 입은 등산객들이 따라나서고
하나둘 모여들어
꽃이 많은지 사람이 많은지 내기를 걸고
오늘도 내일도 모여드니 경사가 났구나
등산객이라면 상춘객이라면
황매산 철쭉구경 못 해 봤다면
등산객도 상춘객 한량자리에 끼지도 못한다네
철쭉 꽃잎이 떨어져
땅바닥을 분홍빛으로 물들이기 전에
사랑하는 님 손잡고 봄꽃 구경 가
제비같이 멋진 폼으로 사진 한번 찍어 보세

2022. 5. 3.

아카시아 꽃과 벌

산길을 간다
석양빛에 나뭇가지는 시계추 바늘이 되어
태양을 산 넘어 밀어 올리고 바람결에 실려 오는
아카시아 꽃 향기는 쉬어 가라 하네
밤 데이트가 있는지
산 비둘기는 열심히 아카시아 향수를 바른다
북풍한설 설움도 눈물방울로 견뎌내며
춘삼월 봄기운도 풍선처럼 부푼 꿈도
가슴속에 묻어두고
오월의 햇살이 쏟아질 때 혼신의 힘을 다해
산이 질리도록 진하게 꽃을 피웠는데
벌 나비 찾아주지 않고
허망한 세월 하소연할 틈도 없이
부는 남풍에 꽃송이는
쌀을 뿌려 놓은 듯 산길을 물들이고
나무에 매달린 꽃이
산길에 수북한 쌓인 꽃을 바라보니
어이없나
벌 나비 없는 세상 어찌 될까?
걱정스럽네

2022. 5. 3.

손자의 첫 그림

몇 번이고 감상을 해 본다 웃음이 난다
즐거운 웃음이 행복하게 한다
여섯 살이 그린 피카소 붓 놀림이 제법 세련되었다
누가 어디에 있어야 할지 무엇이 어디에 배치되어야
균형이 맞는지 알고 있다 해는 하늘에 떠 있고
구름 삼 형제가 하늘에서 놀이를 즐기고
키 큰 나무는 큰 덩치에 많은 날개를 가져 있고
작은 나무는 작은 덩치에 작은 가지가 균형미가 있다
사람은 한 명 그렸는데 아마도 자신인 듯하고
무엇을 들고 있네
사람은 살아가려면 도구가 필요한 걸 알고 있는 것이 아닐까?
태양 옆에 새도 있다 새소리가 듣기 좋았나 보다
나무 밑에는 꽃을 그린 듯싶은데
여섯 살 피카소 손자의 첫 작품이라서
작가를 만나 작품 설명을 들어 봐야겠네
처음에는 웃음이 나더라 자세히 보니
작품에 의미 있는 예술성이 표현되어 있고
구도 또한 멋진 작품이네 고대 벽화를 본 듯 감명적이다
칭찬해 주고 싶다
참! 잘했어요

2022. 5. 4.

나의 욕망

오월의 햇살은 땅을 희롱하고
보랏빛 오동꽃 향기는
벌, 나비를 유혹하고
오일장 모종 장사는 나의 욕심을 자극한다
해마다 안 꼬인다 하면서도
욕심의 충동질이 가슴에 방아쇠를 당기면
희망이란 불꽃은 춘삼월 마른 산에
산불이 번지는 기세로
몸과 마음을 활활 태운다
욕심이 타고 난 자리
들숨도 날숨도 제대로 못 쉴 만큼 기진맥진해
어둠 짙은 초저녁 별빛과 함께
집에 돌아오면 욕심이 없어진 자리
의욕마저 사라져
기대하는 일도
가져 보고자 하는 마음도
이젠 부처가 되고
어디 누울 자리 없나 하고
이불을 찾네

2022. 5. 4.

어린이날

내일은 어린이날
옛날 우리들이 아이 키우던
생각이 난다
잊으면 큰일이다 싶어
달력에 오늘 해야 할 일로
메모해 두었는데
잊어버리면 손자 손녀
실망이 대단할 건데 싶어

생각날 때 바로 할아버지 할머니 품위 유지비를
각 가정으로 선물 보낸다
그러면 아들, 딸, 손자, 손녀가 고맙다고
광 속도로 답신이 온다
이렇게 할아버지, 할머니, 손자, 손녀는
기쁨을 반반씩 나누어 가지며
둘 다 숙면의 밤도 함께 나눌 수 있어
어린이날이 할아버지 할머니도 좋다

2022. 5. 4.

막걸리 한 사발

오월의 태양은 양기가 세다
소나무는 양기를 많이 받아
기운차게 솔 순을 뽑아 올려
하늘을 바치는 기둥이 되고
모자리 상토 넣기에 온 힘을 쏟고 나니
기운이 고갈 나 막걸리 한 사발을
단숨에 마시고 나니
혈색이 좋아지고
마음은 도통군자가 되고
눈빛은 신선이 되어
먼 하늘을 바라보니
뜬구름이 보이더라
바라는 욕심도 없다
마음 맞는 벗이랑
고된 농사일을 끝내고
두 사발의 막걸리를
목 넘김을 하고 보니
너도 없고 나도 없다
욕심조차 없으니
세상이 너무나도 아름답구나

2022. 5. 5.

노년의 하루

배고픔에 늦은 점심을 먹는다
몸이 고달파 반주 겸 피로회복 겸
막걸리 한 사발을 마신다
상추 쌈에 된장 발라
밥을 싸서 입이 터지도록
불쑥불쑥 씹어 목 넘김을 하면
부족함 없는 꽉 참의 만족감에
몸과 마음이 평온을 찾는다
밥을 먹고
고단한 농사일 힘에 부쳐
낮잠 한숨 청하면
금방 달 나라 신선 만나러 떠난다
이렇게 사는 노년의 하루는
행복의 나팔을 분다
지금 이 순간이 너무 행복하다

2022. 5. 5.

파리는 내 마음 몰라

장미꽃은 님 사랑하는
내 마음같이 붉게 타오르고
처마 속에 집 지어 놓고 사는 참새들
뭐라 뭐라 한참을 떠들어 대더니
의견이 통일되었는지
집 지킴이도 없이
모두 다 가는 걸 보니
회식 갔나 보다
막걸리 한 잔에 나른해
낮잠 한숨 청해 자리에 누우니
파리란 놈들이 잔다고
시샘하고 깡자를 부린다
일어나 일어나서 일하러 가라고
여기저기를 집적거리는 것이
송신해서 못 누워 있겠네
마누라보다 더 심하게
잔소리해 대는 소리에
빛을 너와 몸매힌 눈으로
푸른 오월 하늘에 나의 희망들을
하나, 둘 메모해 본다

2022. 5. 5.

산새들의 안부

강 바람 산 바람이
산등성이에서 만나
영역 싸움에 고래 싸움에
새우 등 터지듯
아카시아 꽃 가지 흔들어
꽃잎을 딴다
딴 꽃잎을 하늘에서 눈이 내리듯
마구 마구 뿌리면
떡갈 참나무 넓은 잎에
사랑의 글씨를 새기고
풀잎 사랑에 감동한 이슬은
예쁜 입김으로 꽃잎을 붙들어 매어
한 그루의 꽃나무가 만들어져
벌, 나비를 유혹해 보지만
영리한 벌은 진짜 같은 가짜에
안 속는다
석양의 긴 햇살이
나무의 키 큰 그림자를 흔들면
들일 나갔던 산새들 집으로 돌아와
서로의 안부를 묻네

2022. 5. 5.

모종판

창고 마당에서 모종판에 모종할 참깨 씨를 넣는다
직접 밭에 파종하면 편한데 나무 위에 보초병이 망을 보다가
내가 일을 끝내고 돌아서 가면 온 산 비둘기 다 불러
하나도 남김없이 놀부 잔치를 벌인다
지붕 위에 참새가 묻는다
아재요? 뭐하요?
응! 모종판에 참깨 씨 심어 대답하니
참새 꿍심 있는 미소로 답하네
으흥? 내가 참새 너 검은 속셈 모를 줄 아느냐
작년에 너에게 속았는데 올해도 속을 줄 아나 하며
열심히 씨앗을 넣으니 감나무 가지에서
비둘기 웃는 소리가 구구하고 들린다
참새란 놈도 비둘기란 놈도 해 넘어가기만 기다리겠구나
오늘 밤에 요것 먹겠다는 속셈이로구나
지난해처럼 안 속아
올해는 심어두고 꽁꽁 덮어두고
싹이 올라올 때 햇빛 구경 시켜줄 거야
올해는 참새야 비둘기야
너희들은 뛰는 놈 나는 날아가는 놈이다
하하하

2022. 5. 5.

산 길

밤새워 불던 바람에
송화 꽃가루가 이별의 눈물이 되어
풀잎에 얼룩지면
그 사정 뻔히 아는 구름은
아무도 모르게 밤비 내려 씻어주고
산길을 나그네가 길을 간다
가는 걸음마다 지난해 낙엽이 바스락거리며
소곤소곤 나누는 옛이야기
나그네 걸음마다
신기한 이야기 들려주고
신록은 귀를 쫑긋 세우고
바람이 맺어 준 인연 이야기에
해 저물어 가는 줄 모른다

2022. 5. 5.

무명이라서 서럽다

노래를 한다
못 들어 봤단다 돈이 없어 홍보 못 해서
출세 줄 못 잡아서 기회가 없더란다
무명이라서 서럽다

그림을 그린다
예술이 좋아 풍경 그림을 그린다
몰라주는 무명이라 그림이 희미하다
그래서 무명이라서 서럽다

글을 쓴다
마음의 진솔한 글을
남들보다 의미 있게 표현도 많이 한다
작가의 사상은 태산이다
태산은 올라보지 않고는
그 산속에 무슨 보물이 숨어 있는지 모른다
시간이 흘러가도 변색되지 않고 그 자리에 서 있다
대중들은 뒤늦게 산이 있음을 안다
산에 와서 보물을 찾든 말든
태산은 의미를 두지 않는다
보물을 못 보고 지나간
사람들만 불쌍한 거지

2022. 5. 5.

인생 일기장

햇살 좋은 아침
양복을 입고 병원을 간다
아프고 늙어서 옷조차 허름하게 입으면
사람 본새 없고 인물은 늙어
털갈이하는 개 꼴이라서
멋지게 차려입는다
길거리엔 가뭄에 콩 나듯
사람 한둘 오고 갈 뿐 통행인이 없다
모두 다 직장 가고
나처럼 한가한 사람들만 다니나 보다
나뭇잎 스친 바람이 머리카락을 가르고
꽃잎으로 다가가 사랑한다는 말을 건네는구나
쓰레기통 옆에서 고기조각 하나 찾아 물고
횡재한 까마귀는 전화선 줄에 올라 앉아
엉덩이를 신나게 흔들며
기분 좋게 그네를 타네
이렇게 또 하루를 인생 일기장에
보태나 보다

2022. 5. 6.

이른 새벽

새벽 이슬 기운은

숲에 요정을 싣고 바쁘게 날아다니고

한밤을 지샌 하늘의 별은

소금이 익어가는 염전 밭 소금같이

동서남북에서 크고 작은 것이

저마다 존재를 알리고

어둠 짙은 산속에서 소쩍새가 운다

이 산에서도 저 산에서도

밤새도록 찾는 걸 보니

서로가 짝은 아닌 것 같고

일 갔다 한잔하고

안 오는 남편을 찾아다니는지

바람나 집 나간 마누라를 찾는지 나는 모르겠네

아침이 지각 출근할까 봐 새벽 닭 성화는

바가지 긁는 마누라보다 더 심하고

부르는 새벽 닭 울음소리가

얼마나 큰지 십 리 밖에서

밤놀이 즐기던 산 짐승들

통금시간 알아듣고

집으로 얼른 돌아가겠네

2022. 5. 7.

우째해 보겠노

에이그!
보면 무엇하나 한숨만 나오지
포기하기엔 미련이 남고
이러지도 저러지도 못할 계륵이구나
서리 내린 코인 판 봄이 올 듯싶어
조금 더 투자해 보면 어디서 왔는지
소리 소문 없이 북풍 한설이 쏟아지고
한참을 움추러 있다가
어느 바람잡이 바람잡이에
귀가 솔깃해 또 조금 투자해 보면
혹시나가 역시나로
끝나는 시소 게임 헛웃음이 나네
이왕 젖은 옷 저절로 마를 때까지
기다려야 하겠지
포기하기에는 미련이 남아서
쪽박이 나든 대박이 나든
집 나간 마누라 돈 벌어 올지
좋은 사람 만나서 잘 먹고 잘 살지
내 사주팔자 길흉화복에 맡겨두는 거지
뭐 내 힘으로 우째 해보겠노

2022. 5. 7.

모판 하는 날

새벽닭의 잔소리가
구들장을 들었다 놓았다를 한다
귀가 따가워 도저히 누워있을 수가 없다
새벽 네시다
마당에 나와 보니
하늘에 별빛이 초롱초롱하다
오늘은 모판 하는 날
모농사가 반농사라고
농부 입장에서 가장 중요한 날이다
요즈음은 고령화로 인력이 없어
사위, 딸, 손자 왕초보 일꾼
가족력을 총동원하고
있으나 마나 한 은퇴자 친구
한둘을 부른다
해마다 하는 일이지만
일 년에 딱 한 번 하는 일이라
어설프다
씨나락 앉은 얼미며
모판 개수는, 소독약, 상토는
종갓집 제상 차리듯
가지 수도 많다

일 년에 한 번 하다 보니
주인 실력은 예비군 수준이고
일 돕는 식솔은 임진왜란 때
의병 수준이다
처음에는 우왕좌왕 왈가왈부
연장을 찾다 세월 다 보내고
잠시 상황정리 위해
작전 회의도 하고
쉴참 겸 막걸리 한 사발
돌리고 나니
특수부대 팀 워크가 울고 간다
옛말에 방귀길 나자
보리양식 떨어진다고
일 숙달되자 말자 끝이네
돼지고기에 상추 쌈에 막걸리 한 사발로
가족이 하나 되는
생애에 기억될 만큼
예쁨만 가득 찬 하루였네

2022. 5. 7.

둘이서 한마음

해가 뜨는지 말든지
달이 지든지 말든지
얼굴 표정 하나도 안 변하고
강물은 변함없이 제 갈길로 흘러가고
바람은 변화를 원해 흔들고 꼬드긴다
새들은 더 살기 좋은 곳으로 이사를 한다
큰 나무가 세월의 나이에 못 이겨 쓰러지면
삶을 갈고 닦은 작은 나무가 그늘을 드리우고
나는 너를 사랑하고
자기도 날 사랑하니
너와 내가 한마음이라면
세상도 조화를 이루는 천상궁합이고
너와 내가 서로 미워하면
지상상극 이라네
두 마음 잘 화합하여
아름답고 멋진 세상
만들어 보시구려

2022 5 7

인생 대박

어버이날이다
손자 둘을 앞장세우고
딸 사위가 집으로 왔다
매주 마다 보는 얼굴이지만
오늘은 의미를 두고 생각해 보니
감격스럽다
곰곰이 생각해 보니
내 아이가 가정을 이루어
자식을 낳고
지금 내 앞에 있으니

내 인생도 참으로 성공한 인생이다
한 생명이 태어나 종자를 남김은
태어난 목적을 이룸 아니더냐?
생물학적으로 대 성공이 아닌가?
내가 뿌린 종자가 다시 씨앗을 뿌려
키우고 있으니
얼마나 대성공 인생이냐?
새벽에 일어나 생각하니 기분이 좋아
잠이 안 오려 하네

2022. 5. 8.

할아버지의 기쁨

여섯 살 손자가 글을 배우고
쓰는 재미에 푹 빠져 있다
누가 배우라고 가르쳐 준 사람도 없는데
인간들이 살아가는 무리 생활에
꼭 필요한 필수품이 자기 스스로
궁금증을 불러 일으켰나 보다
아는 글씨가 보이면
손가락으로 꼭 집어 읽어 보여주고
알 듯 말 듯 안면 있는 것은
다시 한 번 더 확인한다
세련되지는 않지만
삐뚤삐뚤하게 쓴 글씨를 보여줄 때
손자는 나에게 큰 웃음을 주고
나는 손자에게 큰 칭찬을 준다
세상을 알 듯 말 듯 한 나이
세상에는 참으로 신기한 일도
하고 싶은 일도 많을 거야
부디 굳세게 자라나

손자가 하고 싶은 일 하며
누리고 싶은 세상
자유롭게 누리며

행복하게 잘 살았으면 하는 것이
할아버지 마음이야
너가 하는 재롱 하나에 웃음이 나고
너가 배운 재주 하나에
할아버지는 신기하고
놀라움의 연속이야
참 예쁘다 손자야
지금 할아버지 나이에
진정 웃음이 나오는 일은
너가 하는 행동 모습 하나 하나가
할아버지의 기쁨이자 행복이라네
내일은 손자가 즐기는 어떤 놀이가
나를 행복하게 웃게 해 줄까?
설렘에 새벽잠이 안 온다

2022. 5. 8.

신세타령

바쁜 하루 일상을 끝내고 자리에 누워본다

일 할 때는 그렇게 아픈 줄 몰랐다

욕심이 활개를 치니

점잖은 순리는 나서지 못하고

노동으로 삶을 꾸려왔기에

온몸이 여기서도 저기서도

긴급 지원을 요청하는 소리가 들려온다

환갑을 지나온 세월이라

길지도 짧지도 않은 시간이라

종착역이 가까운지 먼 길인지

아직도 모르겠지만 해마다 병원 견적서는 올라가고

급한 곳부터 돌려막아 보지만

자꾸만 짧아지는 통증의 반복 때문에

인생이 서글퍼진다 생은 저물어 가고

나는 해 저문 길손이 되어

내가 원하지도 가고 싶지도 않은 길을

세월의 압박에 못 이겨

오늘도 떠밀려 가고 있다

젊었을 때는 이러지 않았는데

오늘 밤에는 신세타령만 길어지네

2022. 5. 8.

역지사지

초승달이 초저녁 마실을 나서면
어두운 길 조심하라고
여기서도 저기서도
별들이 등을 들고 나서네
참으로 우애가 좋구나
어린 형제가 장난감을 가지고 논다
형이 아우가 가지고 노는 장난감을
가지고 싶다 하니 동생이 얼른 양보한다
다 큰 어른보다
더 인성이 좋구나 부럽다
다리 아픈 사람에게 지팡이가 되고
눈먼 사람에게도 길 안내하는 지팡이가 되고
어려운 사람 누구에게나
필요한 사람이 되는 것은 참으로 좋은 일
세상에 태어나 누군가에게
꼭 필요한 사람이 되는 것이
중요할 것 같네
오늘도 역지사지를
좌우명 삼으며 세상살이 하면
고달플 것 외로울 것 하나도 없네

2022. 5. 8.

줄장미

줄장미 하나가
울타리를 붙잡고 서 있다
종이에 먹물 베이듯
아래서 위로 천천히 붉은 꽃송이가
하루 한 사연을 적어서 느리게
타 올라가고 있다
무슨 꿈을 키워 가는 걸까
어느 님을 사모해
피 방울까지 가슴 깊게 사모해
붉게 물들었는가
너가 내가 되고
내가 너 마음이 되는
그 순간까지 물들어지려나
오늘도 늦은 봄비를 기다리는데
나를 찾아줄지 모르겠네

2022. 5. 9.

소쩍새는 궁금해

달빛을 꽉 차게 태운 만선의 보름달은
어화둥둥 지화자 좋구나 좋아
천상천하 유아독존이 되어
천하를 호령하며 즐길 때
누구 하나 방해 없이
푸른 하늘을 갈지자로
폼 재며 제멋대로 두리둥실 떠다니며
뱃놀이 즐길 때
땅에서는 땅속 동물이나 땅 위 동물이나
하루 일을 마치고 고단한 일상 끝에 찾아오는
밤 휴식을 즐길 때
오직 하나 소쩍새만이 달빛이 즐기는 음주가무에 끼어들어
갑론을박을 한다
훼방군인지 노래 부르는 가수인지
그 목청소리 긴치핀이 끝날 때끼지 이이지네
무슨 사연일까? 밤 부엉이는 그 이유를 알고 있을까? 아니면
나처럼 궁금해 잠 못 이루는 밤을 지새고 있는 걸까?
무엇 때문에 그렇게
몇 날 몇 밤을 소리치는지
궁금해 물어보고 싶다

2022. 5. 9.

노년의 시간

초저녁 잠이 깊어
한숨 자고 나니
밤 열두 시네
잠이 안 와 책을 보다 심심해
유튜브를 보다 심심해
무엇도 나랑 놀아 줄이 없네
그렇다고 잘 자는 마누라
깨울 수도 없고
이 방 저 방 들락 날락
시계추 바늘이다
이것도 싫고 저것도 싫은데
제일 편안한 잠마저 안 오니
어찌 하오리까?
하룻밤 지새우는 것이
일상의 숙제로구나
가만히 누워 만리장성도 쌓아보고
구름을 타고 동에 번쩍 서에 번쩍
홍길동이도 되어보고
예산꾼이 되어 내일 할 일
어제 했던 일
손익계산을 다 끝내 봐도

잠이 안 온다
젊을 때는 그렇게도 꿀잠이 오더니만
늙어지니 밤새도록 고정 보초맨이다
남들이 일어나 하루 일을 준비할 때 쯤이면
아침잠에 빠져 허우적거린다
사회생활 패턴에 어긋나는 언바란스다
그래서 은퇴를 하나 보다
인간의 삶은 끝없는 여행길을 가는 것 같다
나이에 따라 언제나 처음 가는 길
처음 느끼는 감정들을 배우니까
내일은 어떤 길로
여행할지 오늘부터
궁금하네

2022. 5. 9.

감자꽃의 변명

진달래 개나리가 연
봄꽃의 향연이
사월의 여왕
벚꽃의 화려함으로
절정에 달하고
오월의 철쭉이 피맺힌 한풀이 하듯
홀리듯 피고 지고 나면
봄의 마지막 주자 아카시아 꽃 향기가
세상을 점령해 벌 나비를 호령한다
흐르는 세월에 꽃잎은 힘이 빠져
벌들의 관심이 소홀할 때
산 옆에 붙은 밭떼기에
봄기운 꽃향기 응원 받아
일취월장 감자잎이
대나무 자라듯 자고 나니 쑥쑥 자라나
별을 닮은 듯한 꽃에
보랏빛 꿈을 가진 감자꽃이
잃기 못한 만큼 이쁘게 피었네
잠시 피었다가 지고 나면
피었던 꽃잎이 땅에 떨어져
신호를 보내면 땅속에서 자고 나면

씨암탉이 알을 낳듯

감자알 형제들이 하나둘 늘어가고

춘곤기에 우리 아버지 어머니가

배고픔에 허기진 배 채워

사람 살리는 명약이 되고

약이 뭐 별것 있나

먹어서 사람에게 도움되면 약이지

이쁘고 화려한 꽃은 보기 좋지만

사람 구했던 작은 감자꽃도

이쁜 꽃보다 하나도 뒤지지 않는 꽃이다

2022. 5. 9.

백수의 변명

새벽부터 장닭이란 놈은
안 일어난다고
주인이 머슴 부리듯 호통을 치고
야단법석을 부린다
아침을 먹고 나니
참새는 들 일하러 가자고
오복졸음을 하네
아이고 참새야
노년에 게으른 백수도
나름대로 건강 생각해
이렇게 힘들게 컨디션을 조절 중이란다
넌 세상을 나만큼 못 살아봐서
이 나이 내 몸 상태를
너는 죽었다 깨어나도 몰라 등신아
나는 할 일이 많아도
이렇게 우물쭈물 꾸물대는
기술 익히느라고
한갑이 지나 겨우 터득했구만
누가 모르나 밭에 가면
할 일이 천지 삐까리란 걸
그래서 애써 모른 체한다

생존이 우선이고 아프면 나만 고생이니까

고생 덜 하려고 머리 쓰는 거야

알겠니 참새야

아침에 멋도 모르는 참새 교육하고 나니

힘이 다 빠지려고 하네

어화둥둥 이래나저래나

하루는 가기 마련이고

밭에 가서 온종일 허둥지둥거려 봤자

살림살이는 그 자리이고

저녁이 되면 근육통에 뼈마디만 아플 뿐이고

적당히 농땡이 치는 것이

노약자가 살아남는 비법이기에

오늘도 굼뱅이 소풍 가듯

느리게 아침을 시작해 보네

그대도 부지런한 움직임도 좋지만

게으름을 배워야 할 나이

빨리빨리보다 한 발 느린

꼴찌의 미학을

즐겨봄도 좋을 듯싶으이

오늘도 행복하이소

2022. 5. 9.

공통분모

살아온 세월
살아온 방법은 달라도 같은 것은 딱 하나 있다
사회에서 은퇴해 노년에 시간을 보내는 것이
유일한 공통분모다
만나는 지금부터 하나씩 공통분모를 주제로 놓고
왈가왈부 같아지려고 노력 중이다
서로 공생관계로 발전하다 보니
서로가 이해할 수 있는 점을 찾아 양보한다
그냥 어설프게 합의보고 하루하루 넘어간다
경제공동체 가족이 아니고
사회공동체 이웃하려고 하니
이런들 어떻고 저런들 어떻고 대충 넘어가도 된다
태생이 다르고 살아온 세월이 육십 년이 넘다 보니
생각 자체가 달라 하나 맞추기에 수많은 연습이 필요하고
양보와 인내심의 미덕이 친구가 되어가는 과정에서
필수 조건이다 그래서 아침마다 커피집에서 커피 미팅을 한다
어쩌다 의견이 잘 맞으면
점심도 한 그릇 하고 헤어진다
온종일 놀기에는 아직도
시간이 많이 필요하기 때문이다

2022. 5. 10.

오리 가족

새벽별은 벌써 지고 없는데
서산을 넘어가던 달이
힘에 부쳐 엉덩이가 무거워
산마루에 걸려 있을 때
산 밑 강물은 실안개를 솔솔 피워
새벽달 엉덩이를 밀어 산 넘어 마을로 보낸다
뒷산 그림자가 잘생긴 얼굴을
명경수에 비추어 이쁘게 눈화장을 하고
오늘 데이트 한다고 기분이 들떠
신이나 이른 아침 살살 부는 바람에
물결 따라 춤추고 수양버들가지 드리우고
키 큰 풀섶이 하늘을 향해 만세를 부르고
그 풀섶에서 집을 짓고 사는 오리 가족들
올해에도 자식 낳기에 성공해 물결이 하나, 둘, 셋.
동그란 나이테를 그린다
올해 갓 부화한 오리 새끼와 어미가
수영 연습 중인가 보다
낚싯대 드리웠다가 오리가 눈치챌까 봐
은근슬쩍 낚싯대 거두어
집으로 돌아온다

2022. 5. 10.

참 새

담 넘어 옆집 화단에
여기저기 꽃들이 몸매 자랑이 한창이고
그 무리 중에 촘촘한 한무리
대 끝에 초가지붕에 박 달리듯
둥근 작약꽃이 활짝 피어나
하늘을 향해 맵시 자랑
꽃송이 자랑에 세월 가는 줄 모르고
콧대가 높고 잘 났다고 유세가 얼마나 심한지
몇 번이나 벌들이 왔다가 꽃 주위를 빙빙 돌며
한참을 얼쩡거리다가 그냥 가는 걸 보니 퇴짜를 맞았나 보다
노랑나비 흰나비 한 쌍이 보따리에
따뜻한 햇살과 청춘 이야기를 실은
바람을 싸와 풀어 놓으니
들어와 쉬었다 가라 하네
짝을 이루고 나풀나풀 춤을 추며
들어와 꽃잎에 살포시 앉아
한참을 놀다 가는 걸 보니 마음에 들었나 보다
오늘 나! 세상에 벌이 될꼬? 나비가 될꼬?
아무리 궁리해 봐도 내 적성에는 그냥 있는 그대로
보고 즐기는 참새가 될란다

2022. 5. 10.

작약 꽃

저녁을 먹고 작약 꽃 구경을 나선다
각양각색의 꽃 속에 마누라 앉혀놓고
사진을 찍는다
아내가 없다
수많은 꽃송이에 섞여
그중에 꽃 하나가 아내이겠지
어슴한 달빛에 비친
꽃그림자 유혹에
나도 꽃 속에 빠져들면
내가 벌이 된 듯 착각 속에 빠져
이꽃 저꽃 향기 마구 마구 빨아
집으로 가져가려 하네
아니 이슬을 이불 삼아
꽃잎 품에 안겨
평생 한 풀고 그 품에서
잠들고 싶어라

2022. 5. 10.

꽃 구경

꽃을 본다
꽃길을 걷는다
어둠사리 드는 초저녁에
꽃이 얼마나 이쁜지
꽃향기에 취해
해 저문 줄도 모르고
아직도 빨간 꽃에 앉았다
흰 꽃에 앉았다
분홍빛깔 이쁜 꽃에도 앉았다
아름다운 꽃에 취해
갈팡질팡이다
아마도 아직도 집에 안 돌아간 벌은
오늘 밤 이슬을 맞으며
꽃잎 품에서 여한 없는
밤을 보낼 것 같구나
날이 더 어두워지자
꽃 구경이 얼마나 좋으면
가로등도 꽃 구경하겠다고
하나, 둘 눈에 불을 켜고
나서는구나

2022. 5. 10.

오동 꽃

뒷산 언덕에 선 키 큰 오동나무가
올해에도 봄날이 다 가기 전에
잔치를 벌이나 보다
오라는 것인지 안 와도 된다는 것인지 기별은 없고
그 진하고 예쁜 향기가 코를 벌렁벌렁이게 해
궁금해 부르지도 않는 잔치마당에
담 넘어 구경이라도 할 요량으로
살랑살랑 부는 바람 꽁지 잡고 따라나서 보네
보랏빛깔 꽃송이가 너도나도 할 것 없이
중천에 뜬 무심한 태양을 유혹하며 활짝 피었네
그 향기는 잔칫집에서 풍기는
고소한 음식 내음이
온 동네 개 다 불러 모으듯
온 산 벌 다 불러 모아두고
몇 날 며칠을 잔치 중이고
나도 뭐 먹을 것 있나 하고
벌들이 벌이는 잔치판 말석에 앉아 보지만
이꽃 저꽃에서 벌들만 웅성웅성거릴 뿐
좋은 향기는 풀풀 나는데
나 먹을 것은 하나도 없네

2022. 5. 11.

인생 고갯길

아침밥을 먹고
창 넘어 보이는 옆집 화단을 바라본다
작고 가는 줄 장미 하나가
하늘을 향해 탑을 쌓아가듯
하루 하루 새로운
꽃송이를 새롭게 피워간다
우리네 삶도 하루 하루 더 살아가면서
인생 이야기를 엮어 간다
어제보다 더 나은 오늘이 되고
오늘보다 더 나은 내일이 되기 위해서는
젊을 때 보다 좀 더 성실하고 부지런해야겠지만
어디 몸이 따라주나
욕심과 의욕보다 현실에 나의 힘을 헤아려
그 힘이 허락하는 범위 안에서
북 치고 장구 치고
장단까지 맞추는 노련미를 가져야
오래 살고 있는 노인이라고
푸내진 회 밀지 디 늚이시
그때에는 왜 그랬을까?
반성보다 그때 죽을 만큼 힘들었지만
바른길을 가기 잘했어라고

뿌듯한 날이 되도록

오늘도 열심히

그리고 즐겁게 살자

오늘은 어제보다 내일보다

더 힘든 것은 오늘은 현재진행형이라서 그래

누구나 오늘 살기가 제일 힘들어

모두가 살기 힘든 세상을 살고 있어

사람 인생살이가 고해라서 그래

우린 세상일 즐기러 온 것이 아니고

배우러 왔잖아

놀면 아무것도 못 배우지

힘들면 하나라도 배우는 거야

원래 인생길이 힘들어

그렇다고 지금 왔던 길

되돌아갈 수도 없어

그러기엔 너무 많이 왔잖아

그러니 전진이 최고의 지름길이야

어쩔 수 없잖아

기왕이면 웃으면서 가야지

힘내! 힘내자!

2022. 5. 11.

고향 집

사람 살던 집에 지난겨울 보내고
올해에는 빈 둥지가 되고
집 주인이랑 늘 함께했던
작약꽃 나무는
올해에도 담장 넘어 대문 넘어로
홀로 활짝 펴 님 떠난 빈 둥지를
지키며 고운 향기로
집 안 훈기를 불어 넣어 보지만
사람 살다간 빈자리에
참 썰렁한 찬 바람만 일고 있네
늙은 할매 하나 살던 집인데
살아 있는 자의 온기가 담장을 넘어서까지
훈훈할 줄 예전에는 미쳐 몰랐네
늦은 봄날이 가면 꽃잎도 따라가고
고향 집은 누가 지키나
적막강산 찬바람이
더운 여름 동네 부채가 되어 줄라나
사람 든 자리 몰라도 난 자리 썰렁하다는
옛말 딱 맞는 소리고 인생 무상에
긴 한숨 한 번 쉬어 보네

2022. 5. 11.

가슴 아프네

어깨 수술을 했다 매일 재활치료를 간다
오늘도 병원 물리치료실에서 찜질을 하는데
옆방에서 팔십 대 할매 둘이서 사는 곳만 파악하더니
인생 경륜으로 금세 공통분모를 찾아낸다
도란도란 주고받는 이야기가 이웃사촌 같이 잘 맞네
팔십 년을 세상살이 하다 보니 척하면 착이다
둘이서 하는 이야기가 한 사람이 하는 이야기처럼
매끄럽게 흘러가네 세상살이 아무렇게 사는 것이 아닌가 보다
가만히 누워 천장 형광등을 바라보니
이 불빛 아래서 얼마나 많은 사람들이 염원했을까?
그 할매 그 할배들이 아직도 건강하게
잘 살고 있는지 궁금하네
병원에 오면 침대 탄 얼굴이 핼쑥한
할매, 할배들의 수정같이 맑은 눈을 바라보니
욕심도 의욕도 다 사라지고 원하는 것도 없이
주막집 자고 가는 나그네같이
떠남에도 미련 없이 홀가분할 듯싶은
눈빛이 마음에 걸린다
나도 언젠가는 가야 할 길이기에
볼 때마다 미래에 내 가는 길이라 가슴 아프네

2022. 5. 11.

찔레꽃 사랑

아침에 밝은 해가 중천에 떠 있었는데
해가 시간의 수레바퀴를 멈추지 못해
힘에 부쳐 견디지 못하고
서산으로 기울어진 오후가 되니
하늘에 흰 구름이 수십 층 탑을 쌓더니
어둠을 떡에 콩고물 묻히듯 함께 내린다
어둠이 짙어질수록 헤어짐이 서러워
이별 앞에 선 여인네 눈물같이
소리 없이 땅으로 젖어들고
님 기다리다 지친 하얀 찔레꽃은
벌 나비 만나 보지도 못하고
빗방울 그림자에 속절없이 떨어지고
올해도 혼자 부르는
님을 그리워하는 노랫소리에
나도 눈물이 난다

2022. 5. 11.

학과 미꾸라지

풀잎 짙은 강가에
시냇물은 아무 일 없다는 듯이
술잔에 술 따르는 소리를 하며 흐르고
늦은 봄바람이 물결을 가르며
수상 스키를 즐기며 놀고 있다
동네 개구쟁이들이
물고기잡이를 신나게 즐기다
이제는 싫증 나 엄마가 불러서
집으로 돌아가고
개구쟁이 물고기잡이 놀이터에
온통 흐린 물이 가라앉아
조용해진 웅덩이에 물이 맑아오면
물속에 미꾸라지와 땅 위 학 한 마리가
먹고 안 먹히는 생존 게임에
손에 진땀을 내고 있다
누가 더 참고 누가 덜 참는 인내가
승부의 관건이라고 보는데
그 결과는 지켜보지 않아서
알 수가 없네

2022. 5. 12.

신의 묘수

소주 한잔을 먹고
밤을 지새웠다
어제 일어난 일 때문에
마음이 무거웠기에
그 짐 내려놓겠다고
노래방에 가서 노래도 부르고
그게 부족해
술로 방어막도 치고
세상이 나를 버렸는지
내가 나를 버렸는지
세상만사가 잊어질 때쯤
집으로 돌아와
내가 누군지도 모를 만큼
무아지경을 헤매다가
문득 잠길에서 부스스 일어나 보니
하나도 해결된 문제 없고
술 취하고 돈 낭비에
미간 이ㅍㄱ
속마저 안 좋네
악수에 악수를 더하니
기분마저 찝찝하고

삶은 헝클어진 실타래고
광란의 밤 끝에
인생 길 최악이다
해결된 인생 문제 하나도 없고
문제가 문제를 일으키는
문제의 법칙이 올가미를 씌운다
해결책의 묘수는 없나
수많은 경우의 수를 나열해 보지만
방법은 딱 하나 어제 일들은 어제와 함께
지난 세월에 손절하고
오늘부터 새 출발이
신의 묘수로구나

2022. 5. 12.

사랑 마음

어두운 밤에 달빛은 별빛을 캐
하늘에 널어 말리면
마르던 물 기운은 이슬이 되어
땅에 마른 입술을 촉촉이 적시고
물 잡은 논에서 알아들을 수 없는 언어로
개구리는 밤을 밝히는 등불이 되고
손 맞잡고 산책길 걷는 연인들 가슴에는
사랑이 녹아 이미 한마음이 되었고
짝사랑에 마음이 아파
몰래 흘리는 눈물은
하나, 둘 쌓여
그대 마음으로 가는 길에
징검다리를 놓는다
출렁이는 밤 깊은 풀벌레 소리가
고요한 밤을 흔들고 달빛을 타고
뱃놀이 즐기는 그대는
누구의 마음이냐

2022. 5. 13.

내가 사는 이유

식물은 땅이 열심히 일한
땀방울로 생긴 수분을 먹고 산다
하늘의 태양이
마구 쏟아주는 햇빛을
나뭇잎은 주워 모아
열심히 공장을 돌려
광합성을 만들어
그 에너지로 살아가고
나는 네 눈빛이 보내는
사랑의 열기로 내 심장은 뛰고
너가 나만 바라보는 그 눈빛으로
내 가슴은 행복을 만들어 내고
너가 나를 사랑한다고
하는 말이 내 귀에 들리면
내 마음 그대 마음도 함께 녹아
용광로가 된다

2022. 5. 13.

비 오는 날 등산

비 오는 날
우산을 들고 등산을 간다
터벅터벅 걷는 걸음 소리에
산 두꺼비 뭐 먹을 것 있나 싶어
엉금엉금 기어 다니고
산새는 비가 오든 말든
딴 여자 뒤꽁무리만 따라다니며
가장 이쁜 목소리로
꼬드겨 본다
나뭇잎은 우산이 되어
등산길 오르는 사람
생각해 살살 내리고
산 안개는 산삼 뿌리 캐
부모님께 효도한다고
온 산을 헤집고 다닌다
작은 새는 날 어두워진다고
날 보고
얼른 내려가라 하네

2022. 5. 13.

오일장

꽃 향기는 나를 꽃밭으로 부르고
솔 향기는 나를 산으로 오라하고
오일장은 나를 시장으로 부른다
시장이 제일 마음에 끌려 그리로 갈란다
여자 분 내음 맡으며 막걸리 한 사발 딱인데
그것은 희망 사항이고
한량 한 사람과 동무 되어
앞서거니 뒤서거니 장거리를
산 내려온 범 모양 어슬렁거린다
꽃은 뭐니 뭐니 해도
눈길을 확 잡는 것은 화려한 것이 좋아
강렬한 붉은 꽃도 좋아
장날이면 언제나 꽃구경을 할 수 있어 좋다
장사꾼의 현란한 말솜씨에 꼬드김 당해
봉지에 물건 하나 사 들고
온 장바닥을 돌다 보면
허기진 배가 신호를 보내면
장국에 막걸리 한잔으로
삶의 정을 나누는 오일장 풍경이
나는 좋아라

2022. 5. 13.

달음 바위산, 태끌 바위

달음 바위산에 오른다
오월의 어느 날 오후
비는 토닥 토닥 목탁을 치듯
나뭇잎을 때리고
철 지난 아카시아꽃은 낙엽 되어
산길을 가득 메우고
황강에 사는 강 안개는
달음바위산 암벽을 타고
산으로 밑에서부터 꽉 차오르며
소풍 길 나서고 태끌바위 끝에 서니
월평 가는 길이 실처럼 가늘게 이어져 있고
연촌 앞들에 양파 마늘 심어진 논은
비스켓을 늘어 놓은 듯하고
실을 타고 가는 차는 개미가 줄타기하는 듯이
작고 세상을 살 만큼 산 환갑을 지난 나
어릴 적 겁이 많아 못 해봤던
태끌바위 끝에 서 본다
지금도 조심스레 떨리는 마음으로
태끌바위 끝에 서니
불알이 떨어질까
놀라서 겁에 질려서

진드기 달라붙듯
착 달라붙는 것이
다리가 떨린다
천애절벽 끝이다
태끌바위 끝이
이승과 저승의 경계선이라서
그렇다
세상에서 제일 무서운 이야기가
있기 때문이다
서산리 아이들은 물론
남녀노소 없이
어릴 적에 소 먹이러 와
엎드려 살짝 고개 내밀어
천길 낭떠러지 바라만 봐도
간 큰 놈이라고 불리고
보통 아이는 어림 반푼 어치도 없었다
달음바위산 태끌 바위는
서산리 아이들의 마음속에
간직하고 있는
전설의 이야다

2022. 5. 13.

사랑의 감동

아카시아 마른 꽃잎은 가슴에 맺힌
한 못 풀어 꽃잎이 떨어졌어도
그 혼은 남아 내 사랑하는 님
돌아오는 길 잃을까 봐
마음을 담아 마른 꽃잎을 뿌려
꽃길을 만들고
난 꽃길만 걸어 산에 오르면
사랑에 감동해 눈물인지 빗물인지
쏟아지고 눈앞을 가린 부연 것은
산안개인지
님의 사랑에 감격한
내 눈빛인지
몰라라

2022. 5. 13.

삶의 노력

인생살이 예상은 늘 방향이 다르고
계획의 반은 실현되고
반은 미실행되더라
어쩌다 행운은 신의 선물
내 실수가 성공을 부르는 말이고
절망에 빠져 울 때
우여곡절 끝에
탈출에 성공하면
다행이다란 말을 쓴다
사람의 인생이 화려할수록
여러 가지 가면이 있고
성공하지 못하면
한 가지 색깔밖에 없다
인생에서 얻어지는 것은
노력밖에 없다

2022. 5. 14.

생과 사

구름 낀 하늘 남풍이

무슨 소식을 가지고 오는지

산을 부지런히 올라와

나뭇잎을 흔들면 그 소리가

우리 초등학교 다닐 때 수업 시작한다는

종소리같이 초목의 귀를 불러 모으고

새소리 풀벌레 소리

저마다 할 말은 다 있나 보네

오월의 태양에 기운 받는 소나무 솔 순은

어른이 다 되어 가고

이제는 어엿하게 발 아래 강을 내려보며

비 배달을 주문시키고

대나무 죽순은 잠룡이 되어 비 올 날만 기다리네

비가 오면 승천하는 꿈이라도 꾸어

대박이라도 내려나 몰라

산능성이 푸른 풀이 묘지에 생기를 불어넣고

잘 정돈된 묘지는 등산객이 쉬었다

마음에 시 한 수도 지어보고

죽은 자 옆에 산 자가 쉬어도 마음이 편안한 걸 보니

우리는 둘 아닌 하나인가 보다

2022. 5. 14.

우리가 사는 방법

늦은 봄바람은
산마루를 올라 서서 나뭇잎을 쓱 흔들며
보고도 못 본 듯 바쁘게 지나가고
노을빛에 물든 강물은
갈 길이 바쁜지
가던 걸음 재촉하고
오늘은 일 년 365일 패 중에서 하나
콩나물 시루에서 콩나물을 뽑아내듯
그림자 하나만 남기고 세월은 사라져간다
동네 어귀에 못 보던 무덤이 하나 보인다
며칠 전까지 몸에 따뜻한 온기가 돌았을 건데
어제의 살아 있는 자가
오늘 죽은 자가 되니
어제까지 그가 원했던 일
쌓아 온 공든 탑은 무엇이며
죽은 오늘 그의 희망은 무엇일까?
무엇을 가지려고 할까?
생도 사도 전부가 아니다
딱 반반씩 나누어 가져보자

2022. 5. 14.

보름달

어둠이 짙어지니
달빛은 밝아오고
밤 잠자리 찾아든 닭은
하룻밤을 보낼 나무 위를 오르고
거위는 식솔 수를 헤아려보네
집을 지키는 수비 대장 포카는
아무 일 없다는 듯이 여유를 부리며
마당 바닥에 큰 대자로 누워
하품을 한다
이렇게 시골 집 하룻밤은
깊어가는데
초대 받지 않는 불청객
하루살이, 날파리, 나방, 등은
하룻밤 묵어가고 싶다고
창밖에서 서성이며 농성을 하네
어영청 보름달은 세상에서 무슨 일이
일어나고 사라지는지 관심도 없는지
달빛만 하염없이 쏟아붓고 있네

2022. 5. 15.

막걸리 한 잔

석양빛이 하늘에 노을을 한 수 놓을 때
나뭇가지에 앉은 참새들
참새에게 무슨 불리한 수인지 뭐라 뭐라 항의하는데
참새는 억울한 듯싶은데 통역관이 없어 무슨 말인지
모르겠네
아무튼 불만을 표출하는 듯싶네
오월이라 농사일이 무척 바쁘다
농촌에 고령화로 인해 인력도 없다
환갑을 넘긴 노부부가 오늘은 힘에 부치는 호기를 부렸나 보다
일이 피곤해 들숨도 날숨도 물어보고 쉬어야 할 판이다
저녁 겸 고기 안주에 막걸리 한 사발 먹고 본다
기분이 좋은 것이 생기가 조금 생긴다
생기가 몸에 도니 마음에 여유도 생기고
같이 일한 마누라도 한 잔 권한다
적당히 먹은 술 몸에서 감당할 수 있는
한 잔의 술은 삶의 즐거움과 활력을 주는구나
건강하고 장수 하는 것도 좋지만
더 중요한 삶의 질을 오늘 높인다
하루를 살아도 행복하여야 하니까
막걸리 한잔과 세상을 바꾸어도 아깝지 않구나

2022. 5. 15.

전 쟁

가슴이 놀라 뜀박질을 한다
공포의 패닉이 몸과 마음을 흔들어
무엇이 옳고 무엇이 틀림을 모른다
너와 내가 해서는 안 되는 행동
인간의 원시시대부터 내재된
약탈, 침략의 나쁜 습성이
마음속에서부터 현실로 발현한 것이 전쟁이다
세상 모든 기준을 나 하나로 통일하려는
그 나쁜 유일성 때문에 또 다른 생각과 방법을 가진
다수의 좋은 생각과 행동을
강제로 억제시키는 행위는 정말 나쁘다
인간의 마음이 가장 순수해지는
꿈길에서 인간의 본래 진면목을 본다
어디 우리 본마음이
야욕과 폭력과 공포의 잔인함이더냐
너와 내가 화합하고 서로 서로 손을 맞잡아 주는 것이
신의 바람 아니더냐
내 가진 것을 너에게 주고 너 가진 것 내게 주는
그 모습이 인류의 본 모습이 아니더냐
전쟁은 인류가 절대 하지 말아야 할 죄악이다

2022. 5. 15.

달 빛

저녁 겸 반주로
막걸리 한잔을 했네
하루 종일 바빠
허덕이고 나니
밥맛은 없고 아내를 술 벗 삼아
고기 안주에 막걸리 한잔하고 나니
포만감에 기분마저 좋으니
고달팠던 육체 노동 이제사 잊어진다
한 잔 먹은 기분으로
떠오르는 달을 바라보니
차츰 차츰 밝아오는 것이
지금 내가 한잔 먹는 술로
달려보는 추억의 청춘 열차는
달빛만큼 선명하구나

2022. 5. 15.

아쉽네

오월 아침 햇살은 농부를

들로 불러내고

빈 논엔 하나, 둘 물 잡아가는 걸 보니

모내기할 시기가 다가오나 보다

감나무 잎 사이로 햇살이 스며드니

하나, 둘 감꽃이 열리고

주인 없는 빈 집인지

분양하는 새 집인지

동네 벌들이 이꽃 저꽃을 들락날락하는 걸 보니

살만한 집이 없나 보다

마른 가지 위에 따로 앉아 있는

낯선 새 두 마리

한참을 말없이 앉아 있다가

한 마리는 날아가고

한 마리는 그냥 있는 것 보니

간밤에 싸웠나 보다

세상살이 잠깐인데

길 지내고 행복하게 살면 될 낀데

아쉽네

오늘 아침 햇살이 참 좋다

2022. 5. 16.

밤 산책길

겨울 냇가를 건너온

봄 햇살은 발걸음 내디디는 곳마다

각양각색의 꽃을 피우고

향기로 사랑을 유혹하고

그 꽃잎 밟고 그 향기 따라 천천히 여름으로 간다

이제는 봄도 끝자락인가 보다

하얀 찔레꽃은 올해에도 소원을 못 이루었는지

가슴 속 사랑을 표현 못 했는지

분홍 빛깔로 시들어 가고

오월의 끝자락에 접어드는 들녘엔 바둑판에 돌 놓듯

논 벼가 제자리를 찾아 하나씩 메꾸어 가면

밤마다 개구리 사랑 놀이터 늘어만 가고

님 찾는 노랫소리 안 끊어지겠네

홀로 지내는 님들아

별빛과 달빛이 데이트하는 밤 산책길을 나서봐라

걷다 보면 가다 보면 풀벌레 연가에 홀려

행여나 내 님 날 찾아와

저만치 가로등 벤치 아래서

날 기다리고 있을는지

몰라

2022. 5. 16.

서산리 아침 풍경

이른 아침 햇살이
시냇가를 비추면
실 안개는 리듬을 타고
하늘을 날아오르는 춤을 춘다
농로 길 따라 곱게 핀 오월의 노랑꽃은
호미 괭이 들고 무슨 일을 할는지
바삐 논밭 길을 나서고
이슬 머금은 풀잎 끝에
구슬을 방울 방울 매달아 놓은 듯
딸랑거리는 아침 햇살에 비친
이슬 방울은 참 아름답다
서산리 동네 앞 논길 들길 가는 풍경이다
어쩌다 생각나면 물 오리도 찾아와
피라미와 놀아주는 실개천이 흐르고
어디 사는지 몰라도
서산리 앞 작은 들판을
왜가리는 빈 하늘에 그림이 되고
누가 왔다 가는지
마당에는 느긋하게
개 짖는 소리 간간이 들리고
짹짹이는 참새 소리는 염불을 하는지

나 잘되라고 기도를 하는지
목소리도 크고 말 소리도 바쁘다
뒷산 숲에서 들리는 산 비둘기
아이들 깨우는 소리 요란하다
모두 다 아침 준비를 하고
인간이나 짐승들이나
먹고 살기 위해 부지런해야 하나 보다

2022. 5. 16.

키위 나무

내 놀이터 앞마당에
키위 두 그루가 있다
암수 보기 좋게
나란히 서 있다
올해는 암꽃이 하늘에
별 만큼 무수히 많이 피었네
숫꽃도 많이 달려
좋아라 했는데
약속도 없이 어느 날부터
암꽃이 활짝 피었는데
게으른 숫꽃은 장단도 박자도 못 맞추고
꽃봉오리만 머물고 있을 뿐 미동도 없다
애가 타서 물도 줘 보고 해 봤지만
암수가 때를 못 맞춘다
암꽃이 질 무렵에
숫꽃이 활짝 피니 환장하겠네
한 해를 기다려 왔건만
그 꿈과 기대 내년으로
미룰 수밖에 없어
아이고 아쉬워라

2022. 5. 16.

소쩍새 우는 밤

모두 다 잠든 깊은 밤
오월의 보름달이 꽃밭에 놀다
나뭇잎 그네를 타다 심심했는지
내 창을 두드린다
초저녁 잠 한숨 자고 나니
잠 깨고 또다시
잠 청해보지만
꿈속 길 번지 몰라
이런 생각 저런 생각에
만리장성을 쌓아 보지만
뾰족한 수 없고
심심하던 차에 달빛이 나를 찾아주니
반가워라
달은 중천에 노닐고
나는 땅 위에 거닐며
대화를 나눈다
불청객 소쩍새는
이 숲에서 뭐라 뭐라 하고
저 숲에서 또 뭐라 뭐라 하는데
그 이유를 모르겠네

2022. 5. 17.

오늘의 기대

아침 실 안개가 꽃 향기를
실어 나르면 꽃 향기 소문 듣고
벌, 나비 문지방이 닳도록 날아들고
날씨가 흐린 탓에
옆집 줄 장미 꽃잎이
이슬방울을 물고 있는 것이
용이 여의주를 물고
하늘로 승천하는 듯하고
개미는 먹고 살겠다고
줄 장미 나무를 열심히
기어오르고 있다
저러다가 미끄러지면 큰일 날 건데
살아가는데 힘들어도
때론 용기 있는 모험도 필요한 모양이네
나도 개미처럼 용감하게 살아 볼란다
오늘은 뭔가 기분 좋은 일이 있을 거라고
거울을 보며 자기 최면을 걸어
기분 좋게 펌프질을 하디
오늘 하루도 기분 좋은 날이 되자

2022. 5. 17.

나이 고개

한숨 자고 나 자리에 누워 눈을 뜬다
고요한 가슴 밑바닥에서부터
밀려오는 텅 비어가는 힘의 한계를 느낀다
용기와 노력으로 밀고 다져 온 세월
인생 환갑이라는 나이 고개를 넘어서고 보니
이대로는 힘들다 싶고 나 스스로 빗물에 흙으로 쌓은 둑
스르륵 풀리듯
믿고 방심했던 부분부터 녹아내림을 느낀다
인간의 삶에 한계가 느낌으로 찾아들고
밤 이슬에 마른 풀 눅눅해지듯
알게 모르게 몸은 무거워가고
인생 꽃잎 활력도 근력도 약해져 가네 의욕마저 없다
청년 시절 왕성한 기력은
세월 사는 데 다 허비해 버리고
이제는 몸을 보한다고
온갖 약제 다 먹어보지만
축적되는 기운보다 새는 기운이 더 많아
한심한 마음에 새벽 별 바라보니 아궁이 숯불 타듯
그 반짝이는 별들의 청춘은
어제나 오늘이나 변함이 없구나

2022. 5. 18.

인생 숙제

아무 일 없이 잊고 지내다 문득 생각해 본다
엉뚱한 생각 같아 보이지만
다가올 현실의 미래 이야기
내가 없는 이 세상은 어떨까?
현자에게 물어본다
현자의 대답은
큰 호수 속에 떨어진
작은 조약돌이 일으키는
물결같이 작은 요동만 있을 뿐
세상은 아무 일 없이 잘 돌아간단다
청천벽력 같은 소리다
내 입장에서 보면 나의 존재는 세상보다도 큰데
이 세상에서 보면 개미 한 마리 만큼
그 영향은 작은 것이라는 진실
무엇을 위해 욕심의 칼날을 세울까?
삶의 한계가 느껴지면
숙명 같은 문제 어디서 와 어디로 가는가?
태어나면서부터 존재했던
문제 풀이를 들고
오늘도 열심히 고심해 보네

2022. 5. 18.

백수의 변명

감나무 꽃 아래 이른 아침부터
벌들이 대기표 뽑아 들고
줄을 서서 차례를 기다리고
오월의 청춘 태양은 꽃이 핀 꽃밭에서는
꽃구경을 즐기고 걷다가 가다가
더우면 강에서 피라미 잡기 놀이도 즐긴다
물 오리 새끼 꽁무니 잡고 술래잡기 놀이도 하며
하루 해를 재미있게 놀고 있네
매일 일정도 계획도 없는 백수 농부는 오늘 모처럼
들길 따라 시냇가 옆길 따라 쭉 핀 노랑 꽃 따라
백수 밭으로 가면 어디 니가 주인이가?
주인 얼굴 좀 보자
여기 주인은 나라고 잡초들이 힘 자랑에
고함 치는 소리에 기가 질리게 하는 난장판이다
이 곳 저 곳에서 자기 먼저 도와 달라고 아우성이네
정의의 사도 홍길동이처럼 동에 번쩍 서에 번쩍 해보지만
시원한 한 방의 해결책은 없고 그냥 노동만 잠깐 즐기다
위화도 회군하듯 명분 없는 핑곗거리를
주섬 주섬 구시렁 구시렁거리며
오늘도 기죽어 돌아오네

2022. 5. 18.

숙명

생각조차 안 해봤던 일

듣고도 설마 사실이까 하고 의문 부호를 가졌던 그가

다른 세상으로 국적을 바꾸었단다

백 년은 살 거라고 새벽 운동에 저녁 산책도 밥 챙겨 먹듯

매일 매일 시곗바늘처럼 기계적으로 살았던 사람

심지어 술 한 잔의 유혹에도 안 넘어가고

답답한 가슴 싹 태워 연기로 날려주는

담배의 마술 꼬드김에도 안 넘어갔던 그가

병의 외통수 한 방에 저항하는 시늉만 하다가 가버렸네

인간 지사 사람 명줄은 태어날 때

이미 다 결정된 것인가 보네 괜히 부질없이

인간들아 자기 혼자서 난리 굿 해봤자

바뀌는 것 원하는 것 하나도 없네

그냥 세월에 사육 당했다가 필요하면

시간이 수거해 가는 소모품이 사람 생명이네

이 목숨 지키겠다고 온갖 악행 질에 패악질에 반항해 본들

소용없는 태생의 숙명에 길이 인생길

헛된 욕망 버리고 오는 대로 주는 대로

즐기고 남김없이 미련 없이 마음 편히 살아보자

반항해 본들 소용이 없지 않느냐

2022. 5. 18.

마음의 자유

해마다 꽃은 피고 지는데
나무는 무슨 생각을 하며 살고
반복되는 연습 속에 무엇을 얻을까?
하루 하루 세월을 낭비하여
일 년 십 년 세월을 허비하며
갈고 닦은 인간의 삶은 무엇을 얻고자
혼신의 힘을 쏟는가?
결국 아무것도 아닌 사라지고 말
모래 탑을 쌓고 있는 거지
오늘은 한 수 앞선
생각을 해 봐야겠네
오늘 하루쯤 그대도 인간사
철학 문제를 화두로 삼아 보시게
그러면 지금 그대가 집착하고 있는
현실에서 좀 더 자유로워질 것이네
그럼 오늘도 행복한 하루

2022. 5. 19.

앞선 한 수

바둑을 놓는다
정작 바둑판보다
상대방 얼굴 표정에 관심이 많다
한 수 놓을 때마다 어떻게 할지
그 얼굴을 보면
알 수가 있기 때문이다
감정의 변화는
형상이 나타나기 전에
기운으로 풍긴다
그래서 예언자는
세상을 미리 읽을 수 있는 것이다
변화에는 징조가 있다
한 수 앞선 생각으로
삶의 올가미를 벗고
윤회의 굴레에서 벗어나
자유인이 되어보자

2022. 5. 19.

설익은 내 사랑

가지고 싶어 염원했다

가지기 위해 공도 많이 들어갔다

가지고 있는 동안

하나, 둘 의견 충돌에 감정 대립까지

잘 주고받던 의사소통은 어느 순간 사라지고

매번 동문서답이다 보니

관심도 줄고 흥미도 없다

공통분모가 없으니

친한 결속력도 허물어지고

소 닭 보듯 무관심하고

심장의 뜀박질도 설렘도

없는 걸 보니

헤어짐의 이유가 되겠네

이해보다 감정이 앞서고

포용보다 배척을 생각하니

그러니 어찌 하나가 되겠는가?

아직도 사랑하기에는

내 마음이 서툴러

연습과 반성의

숙제가 더 남았나 보다

2022. 5. 19.

농주 한 잔

오월의 땡빛 아래서 일을 한다
해가 중천에 떠 뜨거워질수록
머릿속은 복잡해지고
육체 노동에 다 더위까지
이중고에 몸은 지치고
마음은 갈등의 연속이다
지나간 청춘 불러본들 소용없고
살아온 관록으로 세월에 맞서
호미, 괭이질 해보지만
해마다 더 힘들어간다
허기진 배고픔에 집으로 돌아와
상추 쌈에 된장으로 점심을 준비한다
마음이 피곤하고 몸이 힘들 때
어쩔 수 없어 건강보다 삶의 질을 선택한다
농주 한 잔이 불러주는 노랫가락은
잠시 현실을 잊게 하고
한 잔 쭉 마시고 배를 채우니
고된 노동 잊을 만큼 행복감이 몰려와
등 부치고 잠결 같은 꿈속 길을
여행을 가자 하네

2022. 5. 21.

노 탐

하루 해가 서산마루에 짐을 풀고 하루 일을 마감하면
풀들과 전쟁을 벌이는 나도 내일 보자
휴전을 하고 집으로 돌아온다
집에 돌아와 아무 곳이나 편한 곳에 앉아
숨 고르기를 하면 팔도 아야 다리도 아야
욕심에 허덕인 하루 손실이 많구나
오늘은 욕심도 미련도 없다 축 늘어진 문어 모양 늘어진다
닭이며 개 저녁 챙겨줘야 할 낀데
할 일이 아득히 버거워진다
옛말에 육십 대는 해마다 다르고
칠십 대는 달마다 다르고
팔십 대는 날마다 다르다고 한 말
참말이네 적게 한다 안 한다
하면서도 억지로 하는 나도 웃긴다
숙명인가 운명인지 모르지만
아직도 인생길 득도 못 했나 보네
얼마나 더 노역을 해야 욕심 그릇 비워질꼬
날이 새고 내일이 오면 내일 욕심 또다시 채우려 드는
나의 삶
알다 가도 모를 일이네

2022. 5. 21.

헤어짐의 이유

안 해도 될 말장난
공손하지 못한 말들이 오다 가다 먼지가 묻고
감정이 살짝 실리고 보니 기분 나쁘게 전화를 끊는다
다음 날은 서로가 토라져
너 먼저 내 먼저 연락 오기만
기다리는 쓸데없는 인내심을 발휘한다
누가 먼저 전화하면
상대방이 아무 일 없다는 듯이 잘 받아 줄 건데
마음 불편해 기다리지 말고
자기가 먼저 하면 원상복귀 할 수 있을 건데
하루 이틀 세월 지나다 보면
마음이 굳어져 가 타인처럼 돌아선다
안 그러고 싶은데 그러자고 하니
가슴속에 모락모락 끓어오르는 것이 있어
먼저 아무 일 없듯이 하기 싫었다
차일 피일 미루다 보니 며칠을 지나고
일상의 중요심에서 밀려 무관심으로 어색하다
문제를 바로 해결하지 못한
문제 때문에
이것이 사랑을 깨는 이유다

2022. 5. 20.

감정 싸움

눈을 감고 묘수풀이를 한다
쉬운 듯 어려운 한 수다
어디 사람 감정을
봄바람에 민들레 홀씨 날리듯
얼렁뚱땅 날릴 수 있나
장고 끝에 악수 난다고
생각할수록
한 수 접기가 곤란하다
그 결말은 이판사판인데
왜 편한 길 두고
모험 수에 사활을 걸까?
아마도 감정 때문이겠지
지는 듯이 못 이기는 듯이
한 수 한 수 접어가면
고수가 되는 길인데
인내 끝에 승리가 있을 낀데
왜 참지 못하고 단번에 승리하려고
일을 틀어지게 하는지 모르겠네

2022. 5. 20.

그대 프로필

외로운 너에게
어깨를 기댈 수 있는
그림자가 되어 주고 싶다
마음이 외로워
새벽 안개 길을 걸을 때
그대에게 동쪽 하늘에
반짝이는 별이 되고 싶다
이 밤에 그대 혼자 있는 프로필을 보니
괜시리 가슴이 울렁거리고
마음이 짠하게 저려 오는 것은
웬 까닭일까?
어떻게 하면 내가
그대 마음 빈 여백을
하나, 둘 메꾸어 갈 수 있을까?
오늘 밤은 형광등 하나
나 하나 둘이서
그대 마음속으로
보서 찾아 여행길
떠날 것 같네

2022. 5. 20.

개 미

오월의 태양은 거침이 없다
어젯밤 달이 지나간 그 길을
그림자 되어 가고
푸른 보리밭이
까투리 알 품고 나오더니
득도를 했는지
누렇게 물들어 가고
메기 하품소리에
놀란 피라미
물장구 치는 소리가
감 꽃을 떨구면
발 아래 개미 떼
달라붙어
밀고 당기며
집으로 기네

2022. 5. 21.

순희 생각

해도 지고 달도 진 밤하늘에
잔별들만 무심히 지키고 서 있다
물 잡은 논에 모여든 개구리
찬송가를 부르는지
염불을 외우는지 몰라도
그 노랫가락 소리 들으며
밤길 산책을 가다 보니
어둠을 타고 밤 마실 나서는
밤꽃 향기를 딱 마주쳤네
시큼한 그 향기는
나를 옛 추억 속으로 데려간다
어린 시절에 이맘때쯤
순희 손잡고 냇가 다리 끝에서
은근슬쩍 좋아한다고 고백했던
추억 속으로 내려놓는구나
지금쯤 그 순희는 무엇하며
늙어가고 있을까? 살다가 한 번쯤
나처럼 이렇게
날 생각하려나 몰라

2022. 5. 21.

지방 선거

간밤에 꿈자리가 좋았는가 보다
참새는 기분 좋은 목청으로
이 나무 저 나무로 재주 타기를 즐기고
음악 소리와 확성기의 바리톤 목소리로
자기 자랑이 한창이다
자리에서 누운 채로 저마다 와서
자기 자랑하는 쇼를 본다 지방 선거다
단단한 행운 줄을 잡아야 누릴 수 있는
호사이기에 모두 다 최선을 다 하네
하는 말 다 책임지고 실천하면 일 안 하고도 먹고 살겠는데
어찌 된 일인지 되고 나서 보면
모두 다 똑같은 사람들이 되어간다
아마도 판 구조를 근본적으로
바꾸어야 된다
메뉴판에서 권력이라는 거품을 빼야
참한 일꾼 봉사자만이
살아남을 수 있는 세상이 열리겠지
누굴 뽑아야 후회 덜 할까
마음속으로 수 판을 놓아 보네

2022. 5. 22.

인생은 모험

소 여물 되새김질하듯

지난 일들을 불면의 밤에

일어나 한 수 한 수 복기해 보면

순 엉터리다

다시 복기해 보면

너무나도 뻔한 악수인데

어찌해 그 당시는

지금 생각난 쉬운 생각을

못 했단 말인가

몇 번을 해 봐도

지나고 보면 부질없는 일에

헛힘만 쓰고 결과가 뻔한 길에 자꾸 가는

나의 습성은 어디서부터

시작된 이야기인지 나는 모르겠네

결론이 난 길을

그냥 따라가면 되는데

굳이 모험 길로 인생길 즐기는

나는 돈키호테인가?

탐험가 콜럼버스인지

알 수가 없네

2022. 5. 22.

밤 마실

오월의 밤 어둠이 그림을 그리면
색깔은 검게 짙어지고 저녁을 먹고
동네 무슨 이야기가 있나 하고
마을 회관으로 간다
한낮 뜨거운 햇빛을 피해
나무 그늘
풀숲에서 늘어지게
낮잠을 즐기던 개구리
야간작업을 알리는 소리가
노랫소리인지 도떼기 시장
물건 흥정하는 소리인지 시끄럽네
아니면 연애질에 짝 찾는 소리가
밤하늘을 꽉 채우고
드문드문 별빛이 익어가면
개구리는 짝을 찾았는지
노랫가락 소리에서
도란도란 이야기 소리로 변하고
소쩍새 우는 소리에
뭐가 불만인지
마당 개만 죽어라 짖네

2022. 5. 22.

늦봄 가뭄

가물다 늦봄 가뭄이 심하다
올해는 비도 없다
오월의 젊은 태양은
대지를 멸치 볶듯
콩 볶듯
볶아 바람 한 자락이 일면
황사가 같이 동행을 하고
산하의 초목들이 칠십 난 노인처럼
기운이 없네
어쩌다 살랑이는 바람은
열풍기를 튼 듯하고
양철 지붕 밑에
참새 새끼 목말라 죽겠다고
아우성이다
오후엔 일진 강풍이 들판을 휘저을 때는
말을 탄 군병들이 움직이듯
보이는 것은 먼지들만 왔다 갔다 하네
오늘도 신미루에 선 비드니무는
비 오라고 몸을 흔들며
손을 춤추며
열심히 기우제를 지내고

물이 마른 작은 웅덩이에
기후 난민들이 모여들어
도움을 청하고
목마른 산 비둘기 가던 길 멈추고
냇가에서 물 마시고
목욕을 즐기는구나

2022. 5. 22.

고수의 사랑 철학

흰 개 꼬리 삼 년을 묻어둬도
털고 일어나면 다시 하얀색이 된다
뱃사공은 지나간 바람 아쉬워하지 않는다
다음에 또 바람이 부는 걸 아니까
사랑꾼은 지나간 사랑에 연연하지 않는다
내일 아침이면 새로운 이야기로
만날 인연이 있으니까
대어를 잡았다 놓친 어부만 불쌍하지
봄 꽃에 못 이룬 벌들의 사랑
여름 꽃에 인연을 맺으면 되지
유능한 사냥꾼은
사냥감을 따라다니지 않는다
다만 길목만 지킬 뿐이다
사랑의 만남도 급수가 있다
하수는 결코 상수의 로또 같은
행운을 잡지 못한다
상수가 즐기는 환경이 불편하기 때문이다
상수의 사랑은 절제되고 정화된 사랑
하수는 마음대로 기분대로
나누는 사랑이기에 이루어질 수 없다

2022. 5. 22.

아침 기운

새벽 별이 놀다 간 청명한 하늘에는
구름 한 점 없이 깨끗하고
그 기운이 사람 마음을 가볍게 하고
새벽 안개 놀다 돌아간 길에
노오란 국화같이 생긴 꽃이
꽃잎에 이슬을 머금고 서 있다
그 청순하고 고귀한 자태는
내 사랑하는 여인을 닮듯
품위 있고 아침 햇살이
눈부심으로 황홀하면
난 그림 속에 있는
내 여인의 향기를 맡는다
이른 아침이 주는
이 행복감으로 하루를 살면
난
참 행복한 하루 삶을
만들 것 같다

2022. 5. 23.

욕심과 나

숲 짙은 산 그늘에서
시원한 바람 솔솔 불어오고
대암 논 열서 마지기 논빼미에서
나와 욕심이 열심히 경쟁을 하고 있다
대암산 마루에서
어둠이 슬금슬금 기어 내려오고
고라니 노루도 꽥꽥 신호를 하며
맛있는 채소 먹겠다고 따라 내려오네
황매산에 걸린 해는
붉은 저녁놀 그림을 그리고
넘어갈까? 말까?
망설이는데
욕심 편인지 내 편인지 모르겠네
하루 일을 끝내고
둥지로 찾아든 작은 새는 말하네
오늘만 날이가?
내일 하면 되지
욕심 다 채우고 죽은 사람 있나? 하고
진심 어린 충고를 하네
그래 니 말이 맞다
작년에도 그랬고 그 앞 해도

그래 본들 몸만 축났지
늘어 난 살림살이 없고
산 새들 소리 움직임이 부산한 걸 보니
저녁 잠자리 찾고 있는 중인가 보네
나도 이제 그만하고 집으로 갈란다
더 하고 덜해본들 아무 소용이 없고
몸만 축나더라

2022. 5. 23.

이별의 아픔

잠을 자다 일어나면
생각 나는 사람
가만히 있으면
내 옆에 찾아와서
서 있는 사람
당신 왜 이래?
이런 날 너 생각에 눈물이 난다
세상에는
사랑을 잊게 하는 방법도 많더라
그 많은 방법 다 알고 있는데
그 방법 다 쓰고 있는데
마음은 정답 대신 오답을 쓰는구나
이젠 난 어떻게 해야 할까?
떠나간 사람아
그대가 내게 사랑한다는
말 한마디라도 해주면
내 감정 내 마음속 깊은 곳에
고이 접어 두고
마음이 저려올 때
꺼내보고 넣어두고 할 껀데
그대 사랑이 내 삶의 짐이 되어

난 이렇게 힘드네
그대 마음 편안하게 해 주려고
보고 파도 그리워도
그대 향한 내 마음
내 가슴속에 가두고
애써 참고 또 참고 있었는데
사랑보다 더 무서운 게
정이라 하더니 진짜네
얼마나 더 많은 밤을 지새우고
얼마나 많은 밤을 생각해야
너 생각 엷어질까
알 수가 없네
정든 사랑
이별 곡 어디 말처럼 쉽나
고무줄처럼 당겼다 놓으면
늘 상 그 자리로 향하는데
두렵다
그대 없이
혼자 살아가야 할
남은 인생 시간이…

2022. 5. 23.

노 탐

또 하루를 시작하는
뚝딱거리는 소리가
이웃에서 나고
일터로 향하는 자동차 소리에
내 마음도 급하다 급해
오늘도 모두 다
어제 먹고 난 빈 그릇에
자신의 몫 챙기겠다고 바쁘네
직장에서 밥그릇
다 찾아 먹고 나온 나도
가슴 밑바닥에서부터
오래전부터 길들어 온 습관 때문에
남들이 일하는 소리만 들리면
나도 일해야지 하고
본능적인 생존의 의욕이
이른 아침이면 불컥불컥
욕심이 일어난다
애써 사회에서 은퇴한 맞중이이리고
욕심을 지워야 할 나이라고
위안하고 다독거려본다
보이는 앞만 보는 나이가 아니고

보이지 않는 등 뒤를 돌아보면
더 멋진 세상이
있다고 나를 타일러 보네
하루 앞 일 년 앞 십 년 뒤
내 모습을 보라고

2022. 5. 23.

대암 논

육이오 전쟁 때
인민군도 모르고 지나간 동네
큰길에서 십 리나 들어간 동네
대암마을과 인연을 맺은 지도
30년이 다 되어 가는구나
그때는 용기와 열의로
바위도 녹일 만큼 자신만만했는데
이제는 환갑이 지나니
농사일이 해마다 조금씩 힘들어 간다
새로 만들어진 큰 못에서
용수로 따라 맑은 물이 한 또랑 밀고 들어 와
대암 논 열서 마지기 논빼미에
물이 실릴 때 참 행복하다
그 물길 반갑다고 손잡아주면
오뉴월이라 해도 얼음을 잡는 듯
못 밑바닥 물이 차갑구나
어느 가을날에
고추잠자리 들판을 나르고 가을 참새 떼 만났다고
논빼미 들어서 잘 익은 벼이삭을
헤아릴 것을 생각하니 하늘 가득 웃음이 난다

2022. 5. 23.

서울 구경

꽃잎이 풀잎처럼 풀잎이 나뭇잎 같은
색깔 짙은 오월의 공원에서
엄마가 날리는 비눗방울은
꿈과 사랑을 싣고 둥실 떠올라 날아간다
두 머슴 아이는 날개 단 새가 된 듯
두 팔을 휘젓고 따라간다
꼬맹이들 서울 여행 보는 것마다
초면이라 어리둥절하다
신기해 놀란 토끼 눈이다
환상적인 동화 속 레이저 쇼에
완전히 넋이 나가 버려 입술을 타고 침이
이슬 방울만큼 큼직해
떨어지면 발등 깨겠다
환상적인 불꽃놀이에 몸도 마음도
음악 소리에 녹아 무아지경이 되어
불러도 대답이 없다
지금은 무슨 생각을 할까?
어른이 되어서도 이 좋은 기억을 할까?
보는 나도 서울 구경 잘 온 듯싶네
어린 손자 마음이야 오죽 좋을까?

2022. 2. 24.

접시꽃

골목길 양옆에 선 접시꽃 오형제

이른 봄부터 큰 잎을 하늘로 향해

천복을 받겠다고 큰 손바닥을 내 밀더니

굵은 줄기가 대쪽 같이 곧게 밀고 올라오더니

오월의 숨가쁜 햇살에 충성을 다 하고

어느날 잎사귀 하나마다 계급장을 달았구나

밤 이슬 맞고 아침 햇살이 곱게 빛나던 어느 날

꽃송이는 잎이 벌어지더라

한낮이 되자 당당하고 큰 꽃잎을 세상에 알리겠다고

스피커를 달아 놓은 듯 무궁화 꽃을 달아 놓은 듯

세상을 향해 존재를 방송하네

너 소망의 기도처럼 한 잎에 한 송이씩 매달아

줄줄이 시차를 두고 피어나는 것이 동영상을 찍어 넣은 듯이

아래로 봐도 알겠고 위로 봐도 알겠네

붉은 네 꽃잎은 변하지 않는 너 마음의 표현이며

하얀 꽃잎은 한 점도 딴 마음을 가지고 있지 않는

네 마음의 순수한 한마음

나 일편단심인 너의 그 변하기 않는

뜨거운 마음이 좋아라

2022. 5. 25.

한밤 거리

오늘 밤은 무슨 일일까?
고양이들 마저 마을 회관에서
동네 회의라도 하는지
쓰레기 배출장 먼저 차지하겠다고
싸우는 고양이 으르렁 거림도 없다
밤바람마저 대숲에서 잠들었는지
움직임이 없고 먼지하나 지나가지 않는
작은 시골 소읍의 시내 거리
밤하늘에는 별빛도 달빛도 없다
소읍 골목길엔 가로등이 혼자 지키고 서 있다
하도 미동도 없어 눈 뜨고 자고 있는지
이름을 불러보고 싶다
밤 깊은 한 밤중이라 모두 다 피곤한
하루 일을 끝내고 보금자리에서 꿈 같은 단맛
꿀잠을 즐기고 있나 보다
어쩌다 혹 불 켜진 창 속에는
나처럼 초저녁에 한숨 자고 나
안 오는 잠 공들이는 노인네 방인지
경쟁에서 좀 더 앞서기 위해 청춘을 불태우고 있는
학생의 공부방 창문 불빛인지 모르겠네

2022. 5. 25.

제비 생각

국밥집에 앉아서 곰탕을 주문하고
같이 먹기로 한 사람을 기다린다
어디에 집이 있는지 뭐라뭐라 중얼거리며
제비 두 마리가 달리기를 하듯 날아가네
지금은 참 귀한 손님이다
내 총각 시절에는 지천으로 많아 천한 대접을 받았는데
처마 끝에 불법건축물 짓는다고 뜯기고 똥 싼다고 뜯기고
이, 벼룩 옮긴다고 뜯기고
털 날아다닌다고 뜯기고
조선 경국대전에도 없는 법이 참 많네
엄마가 제비집을 뜯고 나면
빨랫줄에는 온 동네 제비 여편네들이 농성 응원 오고
오기 있는 사내 놈 제비는 누가 이기나 하고
끝까지 짓다 보면 늦은 봄날에
들일이 바빠서 신경 못 쓰는
주인 이겨 먹는 놈들도 많았는데
그 많았던 조상 어디 가고?
신이재힌 해도 해도 너무 많이 하겠 아니에!
지나간 제비 생각에 막걸리 한 잔이 목구멍을 타고
구멍 난 추억을 메꾸러 간다

2022. 5. 25.

물망초

찬바람이 일어나 숲 속이 단풍으로 물들어갈 때
제 홀로 혹은 무리 지어
제 애미 애비 살았던 땅이라고 그 땅 지키겠다고
보이지도 않을 만큼 작은 씨가
싹을 틔워 세상 구경 나서더니
모진 북풍한설에 얼었다 녹았다
타는 목마른 고통 다 이겨내고
제 먼저 살겠다고 새치기하는
봄꽃에 자리 양보 시간 양보 다 하더니
급한 봄꽃이 다져 갈 무렵
여름꽃 사이를 징검다리를 놓는다
하늘에 뭇 별만큼 많고
수많은 꽃 흔해서 누가 알아주지도 않지만
농부의 소망만큼 작은 꽃잎을 가지고
논두렁 따라 밭둑 따라 들길 따라 군락을 이루며
바람이 실어 준 곳에 자리 잡아 불평 불만도 없이
주어진 복 따라 아무런 바람도 없이 하늘로 향해 쏘아 올린
수많은 꽃송이가 천지 삐까리로 만개해
한 철 농촌에 이쁜 풍경을 색칠한다
사람들은 그대 이름을 물망초꽃이라고 부른다

2022. 5. 26.

인생 철학

먹고 살겠다고 젊은 청춘 다 바쳐 지켜 온 내 삶

내가 지키고자 했던 가장 소중한 것들을

내려놓아도 좋을 만큼 변해버린 시간

모든 것이 때가 있기에 그 시간을 놓치지 말아야 한다

부화할 시간에 깨어나지 못하는 병아리 닭 안 되듯이

아들 딸들 제자리 잡아 앞가림할 나이

나도 이제는 모든 걸 내려놓고 내 앞가림만 하면 될 나이

환갑을 넘기고 보니 하룻밤 자고 나면

조금씩 줄어드는 고무풍선처럼

나이 숫자가 많아질수록 의욕과 기운은 줄어드네

화장실에서 내 볼일 다 보고 나면

비워주는 것이 나에게도 좋고 뒷사람도 좋고

모두 다에게 좋은 일

이제는 힘에 부쳐 젊었을 때

내가 선 자리 뒷사람에게 물려주는 것이 도리

만사를 내려놓고 나니 세상 이치가 하나, 둘 보이는 것이 보이고

알아야 할 것을 알아진다

시간이 벌로 기냐?

독에 물 채워지듯 시간이 내 삶을 채우니

인생길 초보 농군도 시근이 들어가나 보다

2022. 5. 26.

가족 여행

여행을 간다 나도 좋지만
아들, 딸에게도
좋은 걸 보여주고 싶다
처음 해 보는 것들
낯선 풍경들이
아들, 딸 마음속에 무슨 그림을 그려 줄까?
오늘 함께 같이 즐기는 놀이는
일몰 후 쓰는 마음의 일기는
같은 느낌일까?
다른 느낌일까?
아마도 보는 풍경마다
각자가 다른 표현인 걸 보니
마음에 그리는 그림도 다르겠지
무슨 그림을 그리나
좋은 느낌은 남는 것
그래서 난 여행을 간다
가족들끼리 떠나는 여행
참 많은 것을 얻는
행복한 시간들의
속삭임이다

2022. 5. 26.

기다림

마음이 급해서
서두르다 보면
이것 챙기다 보면
저것이 빠지고
빨리 가고자 하면
신발 끈 풀린다
죽순이 하늘을 향해 뜻을 세워
비 올 날 기다리듯
구름과 햇빛을 적당히 달래가면서
강물이 길을 열었다가 막히면
쉬었다가 둘러가듯이
세상이 내 편으로
기운이 돌아설 때까지
멈추어 서서
때를 기다려 보자
누가 나에게
인연 줄 깔아
줄려지 이니?

2022. 5. 26.

하루 여행

아침 햇살이 소풍을 간다
행여나 안 가고 숨은 자 있을까 봐
세상 구석 구석 속속들이 빈틈없이
햇살 비추고 깨운다
먼저 일어난 까치 전봇대 위에서
신이나 떠들어댄다
나무 위 참새도 무슨 옷을 입을까?
화장은 어떻게 하고 옷을 입었다 벗었다
패션쇼를 하며 내 손도 잡아 이끌고
너 손도 잡고 빨리 가자고 독촉이네
시간이라는 타임머신을 타고 간다
빨라서 신이 날지 어지러울지 모르겠네
이왕 가는 소풍이라면 신나고 즐거운
소풍길이었으면 좋겠다
하루짜리 단편여행을 시켜준다는데
오늘 주제는 무슨 이야기일까?
설렘에 마음이 들뜨는 걸 보니
희망 찬 기대가 큰 모양이다
모두 다 하루 여행 신나게 즐기다가 웃는 얼굴로
집으로 오시오

2022. 5. 26.

대암논 열서마지기

산 높고 골 깊은 대암산 밑 논 열서마지기

이제는 큰 못을 막아 사시사철

맑은 물이 골짜기를 지키는 곳

원래는 물이 좋아 본천이라고 한단다

그 사연 모르지만 대암이 진짜인지

본천이 진짜인지 알 수 없지만 둘 다 쓰이는 곳이다

골짜기 논이다 보니 논두렁이 높다

위 논두렁에서 개미가 굴러 떨어지면

내일 아침에 아래 논바닥에 떨어질 만큼 높다

논두렁에 조상 대대로 주워낸 돌이

금강산을 옮겨 놓은 듯 울퉁불퉁하고

논두렁은 임진왜란 때 산성을 쌓은 듯

높고 길어 못둑 같다

봄이 오면 온갖 풀 전시장이다

철마다 다니는 보부상같이

철마다 다양한 풀이 와서

전을 펴고 장사를 하다 가면

또 다른 풀 장돈뱅이 들어오고

지금은 물망초 꽃이 만발하고

달맞이 꽃에 육모초, 맥문동,

지칭개가 바겐세일 중이고

논두렁을 삼 일째 풀 베고 있으니
이 논 주인 노릇 못해 먹겠네
아픈 걸 보니 내 팔이 맞는데
움직여 보니 남의 팔같이 말을 안 듣네
논바닥은 진흙에 돌 자갈 논이다
이 논 만든다고 조상 대대로
얼마나 고생이 많았을꼬? 처자식 먹여 살리려고?
곡괭이 질에 돌 주워낸다고 얼마나 허리가 휘었을꼬!
오월이면 아카시아 꽃 향기 맡으며 보리가 피고
유월이면 모내기한다고 물 잡은 논에 개구리 합창 소리가
골짜기를 들었다 놓았다 하는 소리에
아랫목에서 아이가 잠자다 놀라 일어나겠다
가을빛이 곱게 단풍 드는 시월이면
잘 익은 누런 벼가 바람결에 머리카락을 가르면
참새 떼 모여들어 날이 어둡도록 벼 이삭을 헤아리다
허수아비 품에서 밤 이슬을 피하겠지
논두렁 베다가 힘들어 논두렁에 앉아서 넋두리하니
산 새가 와 살짝 알려주는
대암논 열서마지기가
가지고 있는 전설이라네

2022. 5. 27.

기후 난민

가물다 봄비가 번지수를 못 찾는지
죄를 지어 감옥에 갔는지 코빼기도 안 보인다
어제는 말라붙은 땅에
태양이 말타기 놀이를 즐기는
먼지가 그림을 그리더니
오늘은 기운 센 햇살이
깨소금을 볶는구나
양초 심지 타 들어가 듯
농부 마음도 같이 타 들어간다
기세 좋던 옥수수도 그 잎 시들고 말라 꼬이고
새벽 이슬 피죽 한 그릇 얻어 먹었다고
아침에는 축 늘어진 팔 들어 올려보네
땅심 없는 곳에선 초목이 화목거리가 되고
골짜기에 터 잡고 살던 피라미도 이삿짐을 싸고
냇가에 살던 붕어도 이삿짐을 싸
큰 강이 있는 대도시로 먹고살기 위해
생존의 길을 떠난다
세상 이치 순리에 따르ㄱ
하늘과 땅이 조화를 이루어야 살기 좋은 세상
인간들아 너희들은 어쩔래?
너희들이 부리는 작은 재주로

하늘과 땅을 이기려고 하는데
하나는 알고 둘을 모르는 셈법
겸손해 지고 아껴 쓰라
어제 이사 떠난 피라미
오늘 이삿짐 싸는 붕어 꼴 나지 말고
내일 너가 가는 길은 생사를 가르는
여행길이란 걸 어찌 모르나

2022. 5. 27.

방법의 차이

칼로 요리를 썰고 있다
한 사람은 칼등으로 썰고
한 사람은 칼날로 썰고 있다
똑같은 목적으로 칼을 사용한다
그 결과는 천양지차
일이 잘 안 풀리는 그대는
지금 칼등으로
요리를 썰고 있지 않느냐?
혹시 그대 생각 반대로
썰어 봄은 어떨는지?

2022. 5. 28.

고난이 올 때

기대했던 희망의 빛은 안 보이고
될까 말까 한 의문 부호가 커져가던 꿈
꽃봉오리 시들어 가듯
희망과 기대가 무너진 곳에 기운 없다
가뭄에 콩 나듯이
좋은 소식이 있나 하고
자고 나서 밤새 희망이
조금이라도 생겼나 하고
들여다보면 자꾸만 줄어가는 내 웅덩이 물
햇빛이 뜨거울수록 내 마음도 타
목마른 갈증은 더해간다
골짝 물 보태고 이슬방울 더해본 들
마르고 새는 물 감당 안 되니
내 바람 소망만으로 이루어지지 않는 꿈
이제는 어쩔 수가 없구나
아프리카 메기처럼 진흙 속에 몸을 숨기고
우기가 올 때까지 웅덩이 물이 찰 때까지
주린 배 입 다물고 숨만 쉬고
천운이 돌아올 때까지
기다려 보자

2022. 5. 28.

오기

그래! 어디가 막다른 골목이더냐?

얼 만큼 더 파고 내려가야 바닥이더냐?

절벽이 얼마나 높고 물은 얼마나 깊더냐?

비록 내 생명 시간한도 정해진 카드이지만

내 의지는 무한대야!

태양이 다 타고 재만 남아 있더냐?

어디 바닷물이 말라 없어지더냐?

소금이 상해서 못 먹나?

아무리 공 드려도 모래알이 싹이 트더냐?

그대 향한 내 뜻은 변하지 않으니

우이공산 하듯 오기 하나로 끝까지 가 볼란다

설령 그곳이 지옥이든 천국이든 결과에 상관없이

내가 생각한 그 날을 상상하며

현재는 희망이 없지만

즐거운 마음으로 1프로 가능성에

99프로 희망을 쏟아

100을 만들란다

그 꿈이 있는 지금 이 슈가에도

난 행복할 수 있어

기분 좋아라

2022. 5. 28.

필살기

거미가 밤을 새워 거미줄을 친다
아침에 걸려든 것은 거미줄에 맺힌 아침이슬뿐
거미는 실망하지 않고
빈 거물 걷어 올리는 어부처럼 희망을 가진다
이번에는 그냥 지나갔지만
다음이라는 희망이 있기에
또다시 거미줄을 친다
그것이 일이고 생존의 도구이니까
그래서 거미는 거미줄을 만드는 방법을 알고
어부는 거물을 짤 줄 안다
그래서 내가 세상 존재자들 중에
특별하지 않다고 실망할 것 없다
안 찾아봐서 없지
내 마음속 끝까지 파고들면
남들이 가지고 있지 않은
흔하지 않은 귀한 재능
한두 가지는 반드시 있기 마련이고
난 이것을 필살기로 세상을 살아가면 된다
하늘이 무너져도 솟아 날 구멍이 있다고
했지 않느냐?

2022. 5. 28.

시를 읽어야 하는 이유

인생사는 방법을 몰라
고민하고 분노하고 고생을 한다
우리가 물건을 하나 사도
사용 설명서가 있고 일회용품을 사도
어떻게 쓰는지 방법이 있다
가르쳐 준 방법대로 쓰는 것이
최상의 방법이다
우리는 그 방법 대신 즉석에서 마음대로 쓴다
내구성이 기본으로 육십 년 넘게
설계된 우리 몸 어떻게 써야 할까?
수리는 어떻게 하고
몸이 아프면 병원 가 수리하고
마음이 아프면 어디가 수리할까?
정신병원은 완전히 망가졌을 때 이야기다
몸이 약할 때에는 보약을 먹듯이
기계도 정기적으로 기름을 치듯이
사람 사는 데 필요한 기름이 인문학이다
인간이 살아오면서 조상 대대로
느껴 온 감성을 모아 놓은 책 속에서
마음이 헐렁해진 나사쯤은 찾아 고칠 수 있다
특히 그중에 생각과 느낌을 압축한 시야말로

제대로 알고 느낌을 가지고 읽어 보면

작가의 글 속에 자기 생각을 녹여

천천히 음미해 보면 삶이 행복해진다

2022. 5. 28.

열무 꽃

오뉴월 땡빛이
열무 꽃을 피웠네
사방천지 네 날개를
활짝 펴고
하늘을 향해 웃고 서 있다
흰 바탕에 보랏빛 무늬는
누굴 닮아 이리도 청순하고
이쁘더냐
내가 서 있는 곳에
흰나비 떼 몰려와
춤을 추니
살랑이는 바람에
내가 꽃잎인지
나비가 꽃잎인지
모르겠네

2022. 5. 29.

목마른 들판

오늘도 무척 덥다
에어컨은 가쁜 숨을 몰아 쉬고
버거운지 쌕쌕거리고
풀잎은 더위의 기세에 눌러
잎을 비비 꼬고 서 있다
도랑에는 물고기 헤엄치고 놀 수영장도 없다
웅덩이라도 있으면
양수기로 물을 퍼 올리는 바람에
물고기 생명이 왔다 갔다 하는데
기우제를 안 지내네
그래서 그런지 하늘에
실구름은 걸쳐 있지만
비 올 생각은 없는지 그냥 지나가고
땡빛에 모자 쓴 농부는
들판을 부지런히
들락날락하지만
말라버린 논에
바람 한 점 이니

먼지만 폴폴
나는구나

2022. 5. 29.